玖月晞 著

四川文艺出版社

图书在版编目（CIP）数据

少年的你，如此美丽 / 玖月晞著. — 成都：四川文艺出版社，2021.4
ISBN 978-7-5411-5977-0

Ⅰ. ①少… Ⅱ. ①玖… Ⅲ. ①言情小说—中国—当代 Ⅳ. ①I247.5

中国版本图书馆CIP数据核字（2021）第046082号

SHAONIAN DE NI, RUCI MEILI

## 少年的你，如此美丽

玖月晞 著

| 出 品 人 | 张庆宁 |
| --- | --- |
| 责任编辑 | 邓　敏 |
| 产品经理 | 闫丹丹 |
| 特约编辑 | 孙悦久 |
| 责任校对 | 汪　平 |

| 出版发行 | 四川文艺出版社（成都市槐树街2号） |
| --- | --- |
| 网　　址 | www.scwys.com |
| 电　　话 | 028-86259287（发行部）　028-86259303（编辑部） |
| 传　　真 | 028-86259306 |
| 邮购地址 | 成都市槐树街2号四川文艺出版社邮购部　610031 |
| 印　　刷 | 三河市冀华印务有限公司 |
| 成品尺寸 | 145mm×210mm　　开　本　32开 |
| 印　　张 | 8.5　　字　数　220千 |
| 版　　次 | 2021年4月第一版　　印　次　2021年4月第一次印刷 |
| 书　　号 | ISBN 978-7-5411-5977-0 |
| 定　　价 | 48.00元 |

版权所有·侵权必究。如有质量问题，请与本公司图书销售中心联系调换。010-82069336

你保护世界,
我保护你。

他们还是小小的少年啊，会害怕惶恐，但也会咬牙死撑，像野地里无人照料的荒草，拼了命去生长。

你有没有为一个人，拼了命地去努力过?

——小结巴，你最想要的是什么？

我想要的，不过是一个护我周全、免我惶苦的人；

让我在长大之前，不对这个世界感到害怕；

仅此而已。

在这个世界上,只要还有一个人懂你,
你就可以生存,不会灭亡。

——北野,你最想要的是什么?
——我喜欢一个人,我想给她一个好的结局。
仅此而已。

小结巴,等你长大了,不要忘了我。
小北哥,等我长大了,回来保护你。

# 序　言

少年，美好的一个词。

为什么会写这篇文呢？可能因为写文前那段时间，看了太多新闻。心情很沉闷，又无能为力，想做点什么，最终什么也做不了。想想我能做的，也只有写一篇小小的文章了。

当一个人在脆弱的少年时期，在最无还手之力的时刻，看到世间最丑陋的一面，遭受人生最沉重的打击，他该如何应对呢？互相搀扶着一起走下去？然后呢，如何面对未来？是就此冷漠，还是继续相信？

有了一个激发点，在写的过程中，却越写越温柔，越写越美好。

回头再想，为什么会写这篇文，或许是因为每个人都有一个关于少年的梦。梦里的少年高高瘦瘦的，有着那个年纪特有的白皙单薄，穿着干净的白衬衫，碎发遮住了眼。

每个人也都有一个关于年少的梦。梦里，年少的自己在故乡的街道上飞一样奔跑着。

而我的年少时光，就在一个曦岛一样美好而陈旧的城里。江水如蓝，周而复始地奔腾流淌；夕阳像一颗大大的咸蛋黄，江畔大片大片的荒草地上，杨树林立，知了疯叫；一条条的巷子纵横交错，孩子们在欢快地奔跑，自行车铃叮叮当当，穿过傍晚的院墙飘出一阵阵的炒肉香。

一逢雨季，雨水下得好像要把天都倒空，打伞、穿雨衣都是没用的。学生们索性收起雨具，在暴雨中撒欢奔跑。那种全身湿透的清凉畅快和隐秘的热度，除了年少的我们，世上没几个人知晓。

我们处在长大和孩子的边缘，长大了，就逃跑吧。带上食物和水，跑去江水消失的地平线，跑去铁路消失的远方，年少的每一次逃离，最终都以晚饭前回家告终。

直到真的长大了，真的从故乡逃走了，一别多年，再也不回去了。

然而回头一看，好像从来没有逃走，年少的城还在那里。

如此美丽。

# 目 录
CONTENTS

Chapter 1　逃不出的青春　　-001
Chapter 2　橘子味的糖　　-023
Chapter 3　繁华下的阴影　　-044
Chapter 4　雨季里的骄阳　　-065
Chapter 5　污浊、谎言、残酷　　-082
Chapter 6　小结巴，我在这里　　-100
Chapter 7　夜空下的少年　　-112
Chapter 8　暴雨来临的前夜　　-130
Chapter 9　一室静谧　　-144
Chapter 10　蔓延的痛意　　-160
Chapter 11　扑朔迷离　　-171
Chapter 12　守护的爱　　-189
Chapter 13　共生关系　　-206
Chapter 14　悲伤的恨意　　-220
Chapter 15　消失的白裙　　-233
Chapter 16　北望今心，陈年不移　　-242

# Chapter 1　逃不出的青春

"共生关系,指两种生物互利生活在一起,缺失彼此,生活会受到极大影响,甚至死亡。" 生物老师嗓音嘶哑却嘹亮,如窗外的蝉鸣,每一声都尽职尽责。

燥热的夕阳斜进教室,画了道明暗线,陈念就坐在光与暗的分界线上。整个人安安静静。

阳光笼罩她额前的绒发,金灿灿的。她眯着眼睛,睫毛又黑又长,徒劳地抵挡光线。

一道阴影笼罩过来。是班主任,身后跟着两个警察。

教室里顿时鸦雀无声。

"陈念,"班主任站在门口,一贯威严的人难得和颜悦色,冲她招招手,"你出来一下。"

陈念看着那两个穿制服的,脸色微变。

她看一眼前边的空座位,终于放下自动铅笔,起身时扯了扯黏在腿上的校服裙子。

生物老师和全班同学行注目礼把她送出去,眼睛看不见了,耳朵跟着走,耳朵洞里的汗毛都竖起来,想听点新鲜事。

班主任拍拍陈念瘦弱的肩膀,安抚:"别紧张,只问你几个问题。"

一名警察面色严肃,另一名很年轻,温和地对她笑了笑,竟有酒窝。

陈念点点头,沉默地跟着班主任往办公室走。走几步,班主任回头看那一屋子翘首以待的学生,斥:"好好上课!"

到了办公室坐下,空调冷气像虫子似的往毛孔里钻。

班主任面色笃定,看着陈念,问:"陈念,你应该知道这两位警官为什么而来吧?"

"知……知……知道。"陈念有口吃的毛病,人倒不是特别紧张,面色苍白是因天生脸皮细薄。

稍年轻的警官体恤她,说:"你叫陈念?"

陈念点点头。

他笑一笑:"你母亲去内地工作了?"

陈念又轻轻地点了点头。

他问:"知道我们是为胡小蝶坠楼的事来的?"

陈念点头,漆黑的眼珠盯着他。

"我们不问别人,来问你,你也知道为什么吧?"

"那天我值……值日。"

"那天,胡小蝶,你,还有另外两个同学一起值日。打扫清洁后,那两人先走了,她们离开时,教室里只剩你和胡小蝶。"

陈念点头。

"你说你比胡小蝶先走的?"

陈念又点头。

"那天,胡小蝶有没有和你透露什么信息?"

陈念摇头,眼睛黑白分明。

"你有没有察觉到她有什么异样?"

还是摇头。

另一位警察插话:"能和我们讲述一下那天教室里只剩你们两人时胡小蝶的状态吗?"

"都写在……在笔……笔录里了。"

班主任插话:"这孩子说话实在困难。上次就问过一遍,都录音了的。"

陈念静静看了班主任一眼。

警察想了想,问:"你说,那天放学后没看见胡小蝶,所以自己先回去了?"

陈念点头。

一星期前,保安巡逻,发现教学楼前的地板砖上一地血泊,胡小蝶的尸体碎在里边。

胡小蝶是校花,落了个最丑的死法。

警方初步断定是自杀。但自杀原因尚不明朗。

没别的问题了,班主任叫陈念回去上课。

陈念走出空调房,一层闷汗罩上来,像裹了层保鲜膜。

她望着白灿灿的阳光,像看见了胡小蝶乳白色的躯体,一股冷气从脚心漫上来。

寒热交加。

走几步,身后有人叫她:"陈念。"

是那个年轻的警官,递给她一张名片,他笑了笑,眼神极深,像能洞穿什么:"我姓郑,以后有需要帮助的地方,给我打电话。"

陈念心一磕,点了头。

走进教室,如同摁了静音键,圆珠笔、作业本都静得痉挛。陈念恍若未知,走向自己的座位,几十道目光里有一道格外锐利,要给她身上穿一道口子。

陈念看一眼坐在后排的魏莱,那画了眼线的眼睛看着格外幽深,带着冷血的威胁。

陈念坐回椅子上,斜前方的同学曾好在桌子下抠了抠她的腿,陈念伸手去摸,从她手里摸过一张字条,写着:"警察问你什么了?"

陈念沉默,看一眼前边胡小蝶的空座位,又拿余光扫一扫周围的人。

班里突然少了一人,但大家并没受到太大影响,只有胡小蝶的好友曾好时不时哭鼻子。

其余人多是议论,比惆怅更多的是好奇和不解,或是惶惑。十七八岁的生命里,全是诡秘。

少年的一大特性与好处是,忘性大,轻松就能向前走。

前一秒还窃窃私语的学生们,此刻都安静下来,他们的眼睛如饥似渴,亮成几十盏灯泡,全神贯注盯着黑板上方墙壁上的挂钟——

放学倒计时一分钟!

课堂上不许讲小话,但放学如同开鸟笼,平时就不守规矩的学生把倒计时从心里转移到嘴上,公开跟老师叫板:"20……19……"

渐渐地,随大溜,仿佛一群蜜蜂由远及近。

生物老师对生物的趋同性和族群跟随效应再清楚不过,无奈又不甘心,不肯放下课本。

越来越多的学生加入倒数队伍:"13……12……"

陈念的心打鼓一样跟着男生们的节拍搏动。她已在课桌下把书包收好,只等着下课铃响冲出教室。

炎热傍晚,她鼻翼上渗出了汗。

生物老师不放弃地问:"生物的种间关系除了共生、寄生和竞争,还有什么?"

全班同学激奋地回答:"捕食!"

"捕食!"

"丁零零……"下课铃引爆教室,吵闹,桌椅碰撞……

陈念大步走出教室,确定走出那道视线外了,她拔脚飞奔,跑过走廊,弯进楼梯间,白色帆布鞋在楼梯坎上交替得近乎慌乱。

她小腿很细,只怕承受不了这速度,会折断。

几个男生呼啸着从她身边冲过,陈念视若无睹,用力奔跑,时不时回头,仿佛身后有别人看不见的恶鬼在索她的命,是捕食的猎物。

下课铃声响完,她白色的校服裙子已消失在校门口。

陈念一路跑回家,跑到家附近的小巷,实在没力了,撑着腰喘着气往前走。

心如擂鼓,她抹抹嘴巴上的汗,揪紧书包带子。

青石巷子笼罩在晚霞里,油画似的,几缕油腻的青椒肉丝香味从院墙里飘出来。

乒乒乓乓,是锅铲敲打铁锅,还有拳打脚踢的声音。

角落里一群杂毛小混混在揍人,白T恤的男生蜷在地上,没有反抗,没有声息。

陈念把头扎低,屏气从一旁走过。

那群人骂骂咧咧,脏话连篇。

陈念目不斜视快速经过,转弯掏出手机,才摁两个键,后衣领被人揪住。

她像只鸡崽,被拖去那堆人里头。

屋檐下得低头,陈念的头快埋进胸口。

小混混一下两下地拍她的脸:"小婊子,给谁打电话呢?"

陈念垂着眼皮："我……我妈妈。"

对方抓住她手腕拧过来，屏幕上显示数字"11"。

"110？"劈头一耳光，"你妈，找死！"

陈念摔在白T恤身上，脸颊火辣，她后悔了。她不该多事。打伤了人、死了人又关她屁事。

"什么玩意儿！"那人一脚要踹，另一人挥手拦住，蹲下来，揪住她的马尾强迫她抬头。

陈念看见这混混腰上还系着校服，是她的同龄人，却隔着不可逾越的鸿沟，像是天生的仇敌，分属不同的物种。

他抬了抬下巴，指那个被打的白T恤男生："你认识他？"

他扯动陈念的头发，把她的头拧过去。陈念撞上一双漆黑的眉眼，隐在暮色里，看不清情绪。

"不认……"陈念说话有些艰难，"不认识。"

"不认识？"混混拎着她鸡窝似的头发，摇晃她的脑袋，"不认识，你多管闲事？"

"我再……再不管了。"陈念声音很小，有真切的后悔和虚弱的求饶。

她垂下眼帘，不敢看白T恤男生的眼睛。

混混一时没趣，又不甘心放她走，较上劲了："不认识他你为什么要救他？啊？"仿佛真有多在乎她的理由。

陈念："不知道。"

她察觉不妙。

"你看他长得好看？"

陈念不吭气，脑子里没有答案。刚才那一对视，他眼神逼人，一瞬，足够她判断是个好看的男生。可之前她没看。

"他当然长得好看啦，他妈是咱们市里有名的美女呢。"他们交换眼神，笑得不怀好意又下流，"好多人排队上她的床……"

"指不定哪天就轮到我了……"

陈念咬紧牙，不属于她的羞耻在她脸上炸开。她更不敢看那个白T恤男生了。他们终于嘲笑完了，揪起陈念的衣领。

"你有钱吗？"

"啊？"

"他没钱，你有钱吗？"

原来是欺凌抢钱的恶霸学生。陈念家境不好，舍不得钱，可又怕他们搜身，终于红着眼眶摸出七十块钱，低声道："只有这……些。"

对方不满意地骂着"穷×"，把钱夺过去。嫌钱少，得找点儿心理平衡证明自己的魄力大于七十块钱。

"来来来，你救了他，奖励你和他亲嘴。"

陈念一愣，用力推开，手撑着地面爬起来。几个混混上前，七手八脚把她摁趴在地上，她成了一条狼狈的落水狗。

羞愤，屈辱；可屈辱是什么玩意儿？

陈念尖叫，挣扎，反抗；白T恤男生微眯着眼，冷冷看着她，但并不发出动静。

她的嘴撞进他的，柔软的唇，抵着坚硬的牙齿。

热气腾腾。

她后脑勺被摁着，两人被碾进尘土里。混混们快活地笑着计时，要数到110。

她放弃了抵抗，眼泪一颗颗砸在他脸上。

白T恤静静看着她，没有半点声音。

陈念拉开厕所隔间的门，对面一口烟雾吐在她脸上。她别过头去咳嗽几声,烟雾散去,浮现出魏莱嚣张跋扈的脸。

化妆品没洗干净,残留在她年轻的脸上。古怪而刻意的老成。

陈念也想在一夜之间老去,逃离这个弱肉强食的斗兽场。

可逃不出的青春,总是步履蹒跚。

陈念往外走一步,被魏莱不客气地推回去撞在隔间门上。陈念希望这一推只是暂时的,即兴的,不是宣战的号角。

魏莱把手里燃着的烟摁过来,慢慢划过陈念僵硬的脸颊,最终摁熄在门板上,她凑近陈念:"警察叔叔找你问了些什么?"

陈念安静地说:"还……还是问……之前一样的。"

"还还还,"魏莱模仿她的口吃,厌恶道,"你嘴巴就那么蠢,愣是不会讲话?就你这样子,说真话警察都觉得你撒谎。"

陈念摇头。

"陈念你说,胡小蝶坠楼的那一刻,我在哪儿?"

阳光照在陈念脸上,白得透明;她抬眸看她一眼,努力想一口气说完:"在学校……"魏莱狠狠盯着她,就要甩她一耳光,陈念吐出最后一个字,"……外。"

那天陈念在回家的路上,远远看见魏莱她们拦住一个女中学生,威逼要钱。

魏莱冷着脸:"你就是这么跟警察说的?"

陈念垂眸看见她的手在抽动,很快摇头,说:"写的。"

可那一巴掌还是打过来了。

陈念偏着头,黑发甩到前边,拦住她红一片白一片的脸颊,给她遮羞。

"我谅你也不会乱说。"魏莱低低吐出一句。上课铃响,看门的女生徐渺催促:"魏莱,走了。"

魏莱走近陈念,从她绑得整整齐齐的发束里揪出几根,缠在手指上,缓慢拉扯,直至扯断:"陈念,你最好没给我乱说话。"

……………

每个班级都是一个小社会,有性格张扬的,有庸庸碌碌的,还有安静内敛的;有特立独行的,有普普通通的,还有看不见的。

陈念属于后者。

陈念赶在上课铃结束时回到教室。她看一眼忙碌的老师和同学,没有人看她。她走回座位上坐下。

胡小蝶是自杀的,她对自己说。

一开始有点儿分心,被打的脸颊还在火辣辣地疼。

渐渐安定。

她低头在草稿纸上算公式,铅笔沙沙作响。

数学老师从她旁边经过,看一眼她的解题过程,点了点头,走几步后点名:"陈念。"

陈念抬头。

"说说这道题的答案。"

纸上写着 $\alpha+3\beta$。陈念缓缓放下笔,站起身,低声回答:"阿……阿……阿尔法加三。"

"啊……啊……啊……"魏莱似娇喘地模仿陈念的口吃,她眯着眼睛,表情暧昧,喘得绘声绘色。

同学都觉得好笑,便哄堂大笑。

这样上课才有意思,有没有恶意都没关系。

陈念没反应,她在嘲笑声中长大,早就习惯了。

嘲笑和排斥从幼儿园开始,谁说"人之初,性本善"呢?谁说"他们只是孩子"呢?孩子的等级划分、拉帮结派和打压异己,偏偏是最原始、最残酷的。

他们不像成年人那样伪善，所以他们看不起谁、讨厌谁，就光明正大地表现出来，光明正大地欺压他、嘲笑他、孤立他、打击他。

"安静！"数学老师恼怒地敲讲台，"现在笑得这么开心，我看你们有几个能笑到联考后？"老师的威力仅限于对未来的嘲讽。

"魏莱，去外边罚站！"

"哗"的椅子响，响得骄傲又挑衅。魏莱懒散地站起身，嚼着口香糖，吊儿郎当地走出去，回头还盯了陈念一眼。

陈念坐下。同桌好友小米握住她的手背，难过地看她。陈念摇摇头表示没事。

临近联考，大家都顶着升学的压力，悲与欢一闪而过，不挂心里，转眼人就埋头在书海中。

体育课也不用好好上，是自由活动。

想读书的留在教室学习；想放松的，或早已放弃的，去操场活动。

竹筐里的篮球排球羽毛球被一抢而空，陈念捡了筐底的跳绳。

"陈念，要不要一起打羽毛球？"说话的是班里最高的男生李想，他是体育生，百米破了青少年纪录，文化课还不赖，保送去了所很好的大学。

陈念摇摇头，背后的长马尾轻轻晃了晃。

"陈念，你真不爱说话。"李想低头看她，带着笑。

陈念仰头望，他真高。

大部分学生都戴眼镜，但李想视力很好，眼睛炯炯有神，离弦的箭不仅可以形容他的起跑速度，还能形容他明亮的眼睛。

"没……没什么要说……说的。"喉咙是天生被打了结的。可惜了她那副好听的嗓音。

陈念长得很清秀，眉毛淡淡的，睫毛又黑又长，嘴很小巧。李想看着她，想到了书里写的"樱桃小口"。难怪话少。

李想说:"陈念,班上一些无聊的人,你不要理她们。好好学习,加油努力,等考试完了,就能永远离开这里了。"

少年的安慰小心而又励志,带着自我安慰的希望,陈念点点头。

"那一起打羽毛球吗?"

陈念摇头。

李想笑了,给自己找台阶下:"下次吧。"

他走了。

陈念看见了魏莱,坐在看台上眯着眼看她,冷冷地,不对,她在看她身后。

陈念回头,见李想正和曾好说话,把球拍递给她,两人一起打球去了。

陈念拿了跳绳远离人群,走去操场的角落跳,跳着跳着,从正午的阳光下跳进桑树的阴影里。

不知名的昆虫在她头顶叫。近四月,南方已提前进入夏季。曦岛镇在长洲岛上,更加炎热。是因为气候变暖吗?今年比往年还要热呢。

陈念蹙眉,跳着绳子。


"喂。"低低的男音,没什么情绪。

陈念陡然停下,心跳怦怦,四下寻,没人。远处的操场上同学们在活动。

少年轻哼一声:"这里。"语气里三分无语七分冷嘲。

陈念扭头看相反方向,是那晚的白T恤男孩,隔着学校的栏杆,站在太阳下。今天他还穿着白T恤,校服裤子,外套系在腰上,不知是中专还是技校的。

他手里拿着一支没点的烟,手指轻弹着烟身。

蝉声扯破天空，陈念鼻翼上渗出细细的汗，白皙的脸颊和脖子透着健康鲜艳的红色；许是因为跳绳，心还在剧烈抖索，她不经意抿紧嘴唇，往后挪了一步。

围栏一边是阳光，一边是阴影。

他的眼神穿过光与暗的界线，明亮逼人："他们拿了你多少钱？"

"七……"陈念一口气下去，"十块。"

他在校服裤兜里摸了摸，掏出两张崭新的五十，手伸进栏杆空隙递给她。

陈念不接，摇头："没零……"

他等了一秒，见她居然没话了，冷淡道："没零钱也不用找了。"

陈念愣了愣，闭上嘴，舌尖上的"钱"吞了回去，最后还是摇头。

他的手仍悬着，眯起眼睛看她半刻，忽而冷笑一声："你接不接？"

陈念握着跳绳，转身准备走，他却收了手，后退几步。

陈念诧异，见他突然加速冲过来，手脚并用，两三步上了铁栅栏，纵身一跃，跳到她面前的草坪上。

他低头拍手上的灰尘。

陈念的心提到喉咙里，更是一句话讲不出来，瞪着眼睛看他。

他的脸干净苍白，眉骨上有块瘀青，站在树荫下，眼睛更黑更凉，那股子邪气又上来了。他走到她面前，个子高她一截，气势从她头顶压下来，陈念攥着跳绳不接，他于是把纸币从她拳头缝儿里塞进去。

新钱硬，陈念手疼得厉害。

他转身离开，她看他的背影，单薄颀长，利落少年。

他走几步后，回了头。

依然那样不明的眼神，穿过额前的碎发看她，问："你叫什么名字？"

陈念犹豫半刻："陈……陈念。"

他不解:"成陈年?"南方人前后鼻音不分。这名儿听着像陈年老酒,老气横秋的。

陈念没点头也没摇头,想着算是默认,他就可以走了。

但他眼睛判断着什么,没走。他捡了根树枝,走回她身边。他拿树枝点点地,又递给她,下指令:"写出来。"

陈念蹲下去,在沙地上写自己的名字。

"陈念。"他念了一遍,质询,"念是哪个意思?"

信念,念旧,念书?

陈念解释:"今……"她用了很大的力气,说出来的话却一如既往地轻声,"……今心。"

他拿眼角看她,明白过来那个"成陈年"是怎么回事了。

她知道被发现了,平静地看他,等着他笑,但他并没有一星半点的情绪。

学校院墙外有人喊,喊一个名字。

白T恤走到院墙边,踩上水泥墩,他个儿高,抬手就抓到铁栅栏顶端的箭头,稍一使力,单薄的身体就克服重力地跃上去了。

陈念觉得那箭头会刮到他,但没有,甚至没刮到他腰间的校服,他燕子一样轻盈地落在校外的水泥地上。

他走了,这次没有回头。

陈念从树荫里走出来望一眼,一群男生站在路对面,有的手里拿着棍子。

陈念把手里皱巴巴的纸币放回运动服兜里。

她收了跳绳,决定回教室复习。

不久前,李想说出了她的心里话:"好好学习,加油努力,等考试完了,就能永远离开这里了。"

所谓努力,所谓奋斗,说白了,只是为逃离眼下所在的困境。

下午的太阳晒得人周身发热,陈念快步走进竹林小道,遁入一片阴凉。

假山和亭台通往教学楼后门,陈念走到半路,遇见了曾好,课上给她传字条的胡小蝶的好友。

陈念知道她是来找自己的,停下来。

曾好的眼睛肿得像杏核,看着陈念:"你怎么不回我的字条啊?"

陈念沉默地摇一下头,表示无话可说。

曾好攥紧拳头:"警察也问过我好几次,因为我是小蝶最好的朋友。可我真的什么都不知道,一点儿忙也帮不上。"她一说,眼泪不争气地漫上来,"那些天小蝶是怪怪的,大家都看得到,她不爱说话了,心事重重。我不知道是不是因为和同学的关系变差了,但又觉得不至于。我问过她,她否认,说是别的事。后来就……"

陈念面无表情,扭头望一眼教室。竹叶在风里摇摇晃晃,阳光在细叶上跳跃,白水一样。

"我不信小蝶会自杀,可他们说小蝶死的时候,校园都空了,没有外人。保安的嫌疑也被排除。如果真的是自杀,"曾好抬头,"陈念,你是最后一个看见小蝶活着的人,她到底有没有和你说什么?"

陈念摇头。

"陈念,你说话呀。"曾好几乎崩溃。

陈念默了半刻,慢慢开口:"没有。我和她不……不熟。连你都不……不知道,我……我怎么会知道?"

曾好坚持:"如果她自杀,她不可能不和别人说什么呀。"

陈念看着她的眼睛,反问:"说……什么呢?"

曾好一愣,是啊,说什么呢?

"陈念，你说的是真的吗？她真的什么也没和你说？"

陈念："真的。"

越长大，说谎功力越出色。这就像是自然习得的。

曾好看着陈念，她的脸色一如既往地苍白，像永远在过冬的人；一双眼睛黑漆漆的，平静极了，像下了雪的夜。

曾好肩膀垮下去，不知是挫败还是茫然，说："好吧。"

陈念看她黯然失神，有一瞬想提醒她，不到两个月就要联考，好好复习才是关键，还想和她说，离李想远点儿。但最后，她什么也没说。

走进楼梯间，身后曾好追上来拉住她的手臂，语速飞快："会不会因为魏莱？我一直以为不至于，但我找不出别的缘由，是不是她？"

陈念迅速把手抽回来。

…………

陈念把三百块钱装进书包，一百块塞进口袋，从 ATM 间走出来。

她四处看了一眼，才快步离开。

经过路口，陈念闻到一阵包子香，她去铺子前排队买两个包子当晚饭，给老板递了一百块找零。

"没有零钱呀？"老板皱眉。

陈念抿着嘴，摇摇头。

老板翻了翻抽屉，没有五十的。他不耐烦地转身去包里找钱，回头塞了陈念一大把。

陈念认真数数，九十八块八毛。她把十块和二十块的纸币看了看，又检查五十块的，水印，盲点……

钱币太旧，陈念费了一会儿时间，身后的顾客哼地嘲笑："看这么久，下次随身带个验钞机吧。"

老板也催促："别挡这儿了，后边人全排队等你呢。"

陈念有点尴尬,把包子塞进书包,低头离开。

表面镇定地走了一会儿,心里头还是不安宁,又把那五十块拿出来瞧。

尚未瞧出名堂,看见了眼熟的人,是那天围住那个白T恤要钱的一伙坏男孩,聚在一起边走边笑,边吞云吐雾。

陈念心里头咯噔,不动声色地把钱攥进拳头,又挪回校服口袋。

她揪着书包带子想转身绕远路,但对方看见她了,也认出来了:"欸,你站住!"

陈念硬着头皮停下脚步。

"听说你是个结巴。"为首的男孩笑,"说,说,说两句,句话,我,我们听,听听。"

众人哈哈大笑。

陈念低头站在他们中间,像被一群硕鼠围攻的小猫。行动拙笨,无处可逃。

他们嘲笑了一会儿,说正题:"有钱没?"

陈念摇头。

"真没有?"

"嗯。"

"哼,上次那么容易放过你,说话可别不老实。"

陈念咬紧嘴唇,再次摇头。

"那就搜身看看。"

陈念要跑,被抓了回去。

有经过的路人,匆匆加快脚步离开是非之地,没人敢搭理。勇气从来是件奢侈品。

很快从她左边口袋里掏出五十块,右边口袋掏出四十八块八。

"这是什么?啊?!"为首的男孩龇牙咧嘴,抬手要挥陈念一巴掌,没打到。陈念冲上去抓住他手里的钱想夺回来，那是她的生活费。

男生没想到陈念力气挺大，攥着钱不放，还把他手抠破了皮。他揪住陈念的衣领把她提起来："还有没有？啊？"

陈念白着脸，竭力吐出一句："没……了。"

"这婊子不老实。"男生用力拍打她的脸，对弟兄们道，"书包！"

陈念挣扎，死死抱着书包不给翻，一字一句："没……了。真的！没……了！"她说话很用力，像在赌咒，又像在发誓。

她希望他们相信她的谎话。

但他们把她的书包扯过去，拉开拉链，倒着书包抖搂。陈念看见夹着钱的化学书掉出来。她看到钱的一角了，脑子里轰然一声，她感到一阵绝望，还有痛苦。

"这五十是假的！"一声喊将众人的注意力转移，一人拿着刚才抢走的五十，愤怒道，"是假钱。"

钱在众人手中轮了一圈，个个都笃定："假的。""假的。""原来是假的。"

看向陈念的眼光变得愤恨，仿佛是她故意欺骗，这狡诈的女孩。

"拿假钱骗我们！"为首的抬手要打。陈念抱住脑袋。

"喂。"冷淡的男声。

那一巴掌没落下。

陈念眼睛从手臂下看出去，又是那个白T恤男孩，站在缤纷的霞光里，垂下的左手白皙修长，夹一根烟，烟雾袅袅。

不久前，他曾是他们的手下败将。他同他的母亲一起被他们用最下流龌龊的言辞侮辱。

陈念以为事态会恶化，但这群人居然收敛，把书包和那张假币扔在地上，准备撤走。

"把钱还给她。"他呼出一口烟雾,手指一弹,烟灰落在脚边。

对方把一卷钱扔在书包上,走了。

陈念不太明白,但也不想明白。

她看见他的眉骨上又多了一块破皮,手臂上也有新鲜的骇人的伤痕。她原以为他是被欺负的,可原来他们是一样的。

白T恤站在原地看她,并没有要帮她收拾的意思。陈念蹲下,把钱捡起来,拍去书本上的灰尘,放进书包,背好了。

他走到她面前,身影将她笼罩。

陈念目光平视时只能看到他的下巴,她并不打算抬头看他,她转了转肩膀,全身的肢体语言都说着想走。

"喂。"

陈念垂着头愣神,心想再怎样也得道谢的。

白T恤皱了眉,受不了她的不搭理,说:"喂,小结巴。"

陈念抬起头,眼神笔直地看着他。

他轻哼一声,说:"还有。"

他下巴挑了挑,指地上的五十元纸币。

陈念把钱捡起来,指肚抚摸边角的盲点和纹路,平平展展没有凹凸感,她心里发凉,厌恶自己的掉以轻心和在包子铺时那廉价的自尊心。

她说:"假的。"

少年脸色变了,冷哼出一声:"假的?"

陈念知道他误会了,想解释什么,张了张口又没说出话来。她从裤兜里拿出另外两张皱巴巴却很新的五十元纸币,伸到他面前给他看,指指他,做了个手势,示意这两张五十才是他给的。

"你的这个……"她努力而不磕巴地说,"真的。"

少年脸上不悦的神色散去,懒散地问:"这假钱哪儿来的?"

陈念没答,拿出三十块零钱递给他,轻声细语,缓慢道:"还……你。"

他看了她好几秒,乌黑的眼睛微微眯起,那不悦的情绪又上来了。最后,他把钱接过来放进口袋。

她脸发烫,低下头,声细如蚊:"谢谢。"

少年轻哼一声,似不屑,似嘲讽。

街上有人在喊一个名字,他回头看一眼,朝那儿走去了。

是一群流气的男孩子,他的伙伴。

陈念重新绑好头发,拿出那袋包子,往相反方向走。

包子铺的老板正在搬蒸笼,看见陈念,脸上闪过一丝不自然。

陈念过去把钱递给他:"你找的,假……假的。"

"舌头都捋不直还来讹人?一看就是撒谎没底气,谁能证明这钱是我找给你的那张?"

陈念红着脸:"就……是。"

老板嗓门更大:"没你这样的啊。好好一学生,长得清清秀秀,拿我当冤大头?"

陈念平静地盯着他的眼睛:"你心……虚。"

"你……"老板被她说中,声音更大,干脆以模仿做羞辱,"心,心虚……我看你话都说不转,你才心……虚。"

几个顾客没有恶意地笑了,落在陈念耳朵里全是恶意。

老板娘过来问了情况,瞪老板一眼,她是会说话的:"小姑娘,是不是你弄错了?我做生意这么多年,从没假钱。你是不是在别的地方收了假钱,弄混了?"

陈念很确定:"没有。"

"不是,你。"陈念抬手指老板,"是他。"

男人脸上的五官夸张地拧成一团,像包子面皮上的褶皱:"有完没完了，仗着是女的我不能把你怎么着是吧？"

老板娘喝了他一声，和颜道："银行柜台都写着呢，钱款当面点清，离开概不负责。人人都像你这样，别说我这小包子铺，银行都得倒闭。"

他们招呼着顾客，把陈念晾在一边。

买包子的人好奇地看，但事不关己高高挂起，各自买包子离开。

陈念沉默半刻，说："报警。"

老板娘冤枉地叹气："怎么好说歹说你就不信呢？我们做小生意的，不想惹事呀。"

陈念盯着她看，老板来劲了："报啊，你报啊。"

陈念真报了警。

不一会儿来了两个民警，把双方分开询问；问陈念的那位信她，但也没办法，只能不了了之，因为没证据。

老板娘对民警说："小姑娘弄错了，不怪她的。"

眼见民警要走，陈念心头一股委屈，道："我没弄……弄错。这个真……真的是……他们找的。"

老板娘看她一眼，卖包子去了。

那民警把陈念带到一边，拍拍她的肩膀，无奈叹气："我们办事得讲证据。小姑娘，下次当面点清呀。"

陈念眼眶微红。他们不来还好，来了又走，她比之前更无助。

小奸小恶，遍地都是。

证据，却不是到处都有。

碰上这种事，也没别的办法。陈念不甘心，杵在原地不走。

周围看热闹的人多，老板用十二分的热情招徕顾客，更有底气了。

陈念看着他刻意堆砌的笑脸，那一瞬，她想放火烧了这家店。

这个想法叫她心口一滞。

平静的心里生出歹念，那么容易。

这时，陈念的视野内闪过白T恤下摆，一只手骨节分明，夹着烟，两指抽走她手中汗湿的五十元纸币，淡嘲的声音从头顶落下："去路边等我。"

她抬头，见他浓眉黑目，神色平定，额前的几缕碎发要扎进眼睛里。

陈念没动静，少年冷淡地往左边动了动下巴，示意她走开。

陈念走去路边。他斜垮着一边肩膀，手中的烟缓慢而用力地摁灭在蒸屉里白胖胖的包子上。老板和老板娘表情惊诧，张口结舌。

烟蒂竖插在包子上。

他把那张纸币拍在笼屉里，说了什么，老板和老板娘面色如土。

陈念只看到少年单薄而颀长的背影。

很快，老板拿了张钱还给他。他转身下台阶，到陈念身边递给她一张新五十："真钱。"

陈念："你跟他……们，说……了什么？"

他勾起一边唇角，没有要告知的意思。

陈念看一眼包子铺，那老板娘捂着脸在哭。

少年也回头看，冷笑道："那两人是夫妻，男的给假钱，你以为女的不知道？"

"我知道。"陈念说。

少年挑起眉梢。

他的身体挡住了夕阳。陈念低下头，默默往前走。走着走着，用力咬紧嘴唇："五十……块，至于吗？"

"人都是这样，多活一天，变坏一点，你不知道？"

陈念慢慢摇头："我想……"她拿出手机，调出曾好的电话。

他问："想什么？"

"在长大,老去的……路上,我不要变坏,"她又口吃了,努力挣扎,吐出一句,"不要变成我……少年时最痛……恨的那种人。"

## Chapter 2　橘子味的糖

少年扭头看她，半晌，奇怪地笑了笑。

眼眸一垂，瞥见她手里提着的两个包子；陈念见了，把塑料袋递到他跟前："吃吗？"

他皱了皱眉，毫不掩饰脸上的嫌弃。

白色小塑料袋皱巴巴了，内层沾满雾气和水滴，油腻而又狼狈。

陈念见着，脸一红，收回手来，说："冷了。"

不好吃了。

他走了几步，问："你晚上就吃这个？"

陈念点头。

隔几秒，他说："你聋的？"

陈念才知他没看见她点头，于是"嗯"了一声，没头没尾，也不知是回答晚餐，还是回答聋子。

他停下脚步，眉心不悦地皱起，瞧她半晌。她后知后觉地抬头，安静又纯粹地回看他。他也瞪不出个所以然来，估计是无语的，一言不发继续往前走。

陈念走得慢,也不追,走到十字路口停下,他已走完半条斑马线。陈念不需要过马路,准备转弯回家,想打声招呼又觉得不必。

不会再有交集,就这样分道,她想。

少年把外套甩在肩上,走到路中间,回头。

陈念笔直而安静地杵在马路牙子上,跟棵小树苗似的,望着他。宽大的校服 T 恤套着瘦削的身体,弱不禁风。

他在晚霞的光里眯起眼睛。

她指了指左手边,示意她的家在那个方向。

他大拇指朝自己身后指指,示意她过来跟他往那个方向走。

陈念的手耷拉下来,团抱着校服外套,远远看他,不动了。

夕阳余晖,人来车往。

他也不管,径自走去马路对面,再看,陈念随着人群走过来。

他自顾自哼一声,扯扯嘴角,双手插进兜里往前走,到一家小餐馆门口,就着露天的餐桌,拉了把塑料凳子坐下,又拿出根烟来抽。

隔了一会儿,陈念才走到跟前,站在一旁看他。

他也抬眸看她,她的脸白白的,小小的,头发梳得整齐,冒出几缕发丝,蓬松在夕阳下,金灿灿的。

他觉着她像只蜗牛,说话,走路,做什么都慢吞吞,就连谁戳她一下,她的触角也是慢吞吞地缩回去。

几秒后,他招了招手,示意她坐下。

"想吃什么?"

"都……行。"

"点菜。"

陈念摇头,把菜单推给他。说是菜单,不过是一张油腻腻的塑料纸,他看一眼,随意点了三个菜。

陈念低头看着蒙在桌上的塑料膜和膜上的油污,耳边是马路上的汽笛、人声。

太阳快落山了,傍晚最后一丝阳光照在陈念脸上,红彤彤的。

她睁不开眼睛。

他把烟搭在装着廉价茶水的一次性杯沿上,磕了磕,问:"你读几年级了?"

陈念抬起眼皮,夕阳在她眼睫上泛光,她看不太清他的面孔,拿手指比了个"三"。

"初三?"他问,难得有些狡黠。

陈念知道他故意的,却还是摇了摇头:"高……三。"

"你看着挺小,像个小朋友。"他扫她一眼,目光能穿透衣服看到底下,淡淡说,"发育不良。"

她感到一阵燥热的羞惭,像突发的皮疹在脸上发散。

含着胸的肩膀更加弯曲。

他放过她了,说:"快联考了。"

陈念点头。

抽完一根烟,他把烟屁股丢进棕色的茶水里,看她:"你不爱说话。"

"我说……话,别人……会笑。"

他平定看着,等她说完,没什么表情地"哦"了一声。

过了会儿了,问:"为什么笑?因为你是小结巴?"

陈念:"……"

他第一次说她是"小结巴"的时候,她就没有生气,她分得清语气的。

上菜了,他要了瓶冰啤酒,欺身拿瓶嘴对向她的杯子,道:"来点儿?"

陈念赶紧摇摇头。

他没为难她。

两人再无交流，吃完饭，他付钱。陈念想提议平摊来着，要开口，却不知道他叫什么："呃……"

他扭头看她，眼睛黑黑的，隐约凌厉，浓眉挑了一下："你叫我？"

"你……叫什……么名……？"

"你不知道？"那逼人的目光又出现了。

陈念不明白她从哪里知道。

"我哥们儿喊过我名字。"他说，"两次。"

在学校院墙外，还有街上，陈念没注意。

他盯着她看，目光不移，眼皮上抬出一道深褶，终究移开，站起身，踢了椅子走人。

陈念跟上去。

一路无话。

他在前边斜斜垮垮地走，她在后边规规矩矩地尾随。时不时，他故作无意地回头看她一眼，确定她跟着。

她走得慢，他总得等。有次他回头，看她几秒，把嘴里的口香糖吐出来拿纸包好，手腕一扬，朝她脑袋砸过来。陈念一惊，纸团掠过她耳旁，砸进她身后的垃圾桶，"咚"的一响。

陈念："……"

男生还真是喜欢玩这种远距离抛物的把戏。

他转身走了。陈念在后边苦着脸揉脖子，刚被他一吓，不小心把正嚼着的口香糖吞进肚子里了。

走到家附近的巷子，不同路了，天也黑了。

他看一眼巷子，回身问："害怕吗？"

陈念抬头看他，眸光清明，眉心轻蹙，表情说明一切。

他说:"走吧。"

他插着兜走到前边去了,听到身后轻轻的脚步声跟随着他,他凉凉地扯了扯唇角。

走几步,他意外地从裤兜里摸出一颗糖,递给她。

陈念摇摇头。

他还是没强求,重新放回兜里。

到了家门口,是一栋旧式楼房,黑灯瞎火。通往二楼的长楼梯是露天的。陈念指了指第二层的阁楼,意思是她就住那上边。

他往嘴里塞了根烟,转身离开。

陈念才踏上台阶,听见一声:"北野。"

陈念一下子回头,束在脑后的笔直长发像黑色的丝绢裙裾,旋开乍拢。

他冷不防看见,叼在嘴里的烟轻晃了一下,拿下来。

"我叫北野。"他说,"记住了。"

他朝她走去,人瘦,却高,气质如一面墙;陈念抬头仰望他,不自觉往后退步,不小心磕到台阶,一屁股坐在楼梯上。陈念轻轻抱住膝盖。

他走到她面前,蹲下去,目光和她齐平,道:"念。"

"念……什么?"

"我的名字。"

"北……北野……"她盯着夜色中他白皙的脸,磕磕巴巴。

他极轻地摇了一下头。

陈念知道他的意思,搓了搓手,努力地说:"北……"又张了张口,"……北……"

"跟我念。"他说,"北。"

"……北。"

"野。"

"……野。"

"北野。"

"……"陈念的眼睛像葡萄一样黑亮,看着他。

"……"他没有半分不耐,像教一个咿呀学语的幼儿,"北。"

"北。"

"野。"

"野。"

"北野。"他说。

"……"陈念试了试,开了口,最终却还是没发声。

他也不说话,就么看着她,不知是等待还是较劲。

陈念嘴唇动了动:"北,野。"他还是沉默看着她。她于是又准备了一会儿,说:"北野。"

"好。"他说,"念十遍。"

陈念看着他。

"念啊。"

"北野。"陈念念,声音细细的,"北野,北野,北野,北野……"

她闭了嘴,两人对视着,她坐在散发余热的台阶上,草丛里的蛐蛐儿在叫嚷。

他把那支烟别在她细白的耳朵上,指肚摩挲她的耳朵边儿,那一小处细腻的肌肤霎时又红又烫,他说:"继续。"

"北野,"她又开口了,有点慢,"……北野……"

他似笑非笑地听着,摸出那颗糖,撕开包装袋把糖果放进自己嘴里。

她还乖乖在念:"……北野……北野……北野……"

十遍了。

她看着他,他也看着她。

隔了好一会儿,她说:"念完了。"

"小结巴,"他手掌握住她苍白的脸颊,说,"还差一遍。"

陈念的心快跳到耳朵上,她说:"不……差了。"

"还差一遍。"

"不……"

"差。"

陈念没有办法,只想一次通过:"北……"

他一只膝盖跪过去,捏住她的下巴,低头咬住她的嘴唇。

和上次不一样,这次,他的舌头伸进她的嘴里。

橘子味,又酸又甜,脸上起火,舌根剧痛,她憋气憋得脸颊涨红。

末了,少年嗅嗅她的唇,站起身,说:"念得不错,给你奖励。"

陈念手脚发烫,嘴里含了那颗橘子味的糖。

"在海洋里,小丑鱼因绚丽的体色,常成为捕猎者的目标。海葵颜色缤纷,十分美丽,触手却有剧毒,海洋动物不敢靠近它。可小丑鱼体表有特殊黏液,能不受毒液影响安全生活在海葵身边。当小丑鱼遇到危险,海葵用自己的身体将它包裹,使它免受其他鱼类攻击。而行动不便的海葵借助小丑鱼做诱饵,吸引鱼类靠近,进行捕食。小丑鱼也会把自己的食物与海葵分享。

自然界中,这类物种间关系称为( )。"

陈念迅速在答题纸上勾选 A。

到了下半学期,每月中都有一次模拟考。

同学们早不会像上学期那样怨声载道。成绩差的已放弃,当一天和尚撞一天钟;成绩好的权当检验,也给两月后的最后一考增加点底气。

理科是陈念的强项，不到一小时，她就做完了物理卷最后一道大题。她回头把选择题检查一遍，开始涂答题卡。

铅笔芯刷在条形码上，漆黑，微亮，闪着金属的光芒，像夜色里那个少年的眼睛。

她想起那晚他给她的深吻。

只一瞬，她收回思绪。

很快有人起身交卷子，教室里有不小的骚动。魏莱她们几个回回考试都提前交卷出去玩，老师也不管，低声警告她们动静小点儿，别影响其他同学。

哪有影响，教室前半部分的学生没一个抬头搭理，全埋头做题，不屑一顾。后半部分的学生则蠢蠢欲动，也想出去。

陈念做完化学卷时，曾好起身了。曾好成绩很好，但陈念没料到这次她解题速度如此快，都检查完了吗，就提前交卷？

好学生和差学生的提前交卷性质截然不同，她这一起身，不少人心头有了压力，接二连三从卷子里抬头看。

陈念有时也会提前交卷，表情淡然地走向讲台，把无形的压力扔给他人。

得第一个，第二个就没意思了。

曾好抬着下巴一脸平静地走出教室，没走远，在栏杆边看天空。

陈念低头继续做题，做完生物卷看看手表，还有四十分钟。往窗外看一眼，栏杆边空空的，曾好不在了。

那天买包子找假钱后，她把知道的事情告诉了曾好。那之后，两人就再没讲过话。

陈念检查了几遍。陆续有人交卷，她也不起身，在草稿纸上练字。字写得好，作文印象分会高。

敲铃了，考试结束。

厕所里很拥挤。

女生上厕所就是麻烦，得排队。大家叽叽喳喳议论着题目和答案，等得久了，有人不耐烦，叩最里间的一扇门。

"哎，怎么回事儿啊！谁在里边，待那么久不出来！你便秘就先别拉了行吗？那么多人等着呢。"

里边没回应。

陈念看一眼吵嚷的那女生，是别班的，周围一群女生跟着抱怨表达不满。但也没办法，不能把门踹开。

回教室的路上，两个监考老师经过，议论说："曾好交卷匆忙了，有个很大意的错误没检查出来。"

陈念这次检查了好几遍，感觉考得很好，估计能有610分。每次考完，她都隐隐期盼，早点考试离开这里，去更大更远的地方，去北方。

同学们在教室外聊天笑闹，陈念回座位上出神。前边胡小蝶的位置空着，陈念再次想起那具白色的颤抖的身体。

眼前人影一晃，李想坐到她面前，带着阳光灿烂的笑，他真的很喜欢笑："陈念，考得怎么样？"

"一般。"

"这几次考试你成绩都很稳定，600没问题。"

陈念抿抿嘴唇，算是笑了。

李想看着她："你想考去哪个城市啊？"

"看分数。"

"去北京吧。"李想眼睛亮亮的，"天子脚下，有历史，有文化，现在都叫北京古都，多大气。"

陈念没作声。

小米凑过来："李想，我看你是自己保送去了北京就开始拉阵营。"

李想也不隐瞒："我当然不希望到时一个高中同学都没有，周末找人聚餐都不行。说真的，北京多好，别留在这里，没意思。"

小米哈哈笑："放心吧，我和陈念都想去北京呢。其实我们已经报名内地的联考了，是吧念？"她推推陈念的胳膊。

陈念平淡道："或许……考不上……"

小米瞪她："不可能，除非你缺考。"

李想："一定会的。到时咱们相约北京。"

陈念没应，看向窗外。

"李想，听说你姑姑是师大附中的老师。"小米说，"重点中学，我们这里没法比。能不能帮忙把他们的会考卷子拿来给我们学习学习呀？"

李想开心极了，憧憬着异乡的大学生活："没问题，包在我身上。"

上课铃响，李想回自己座位去了。

是自习课，陈念把上月做过的错题分析一遍，无意间抬头，曾好的座位仍是空的。

试考完，老师忙着阅卷。自习是自愿的。不上课的人都有自觉，也不在教室附近喧闹，都去操场上玩。

陈念想了半刻，最终继续做自己的题。

过了很久，曾好都没出现。

快下课时，陈念走出教室。廊上空空荡荡，整栋楼都很安静，只有远处操场上隐约的篮球声。

厕所在走廊尽头，静悄悄的，水滴从未拧紧的水龙头里滴出来，砸在瓷砖上摔成好几瓣。

最里边那扇门关得严实。

陈念悄声走过去，门锁上显示红色，她拿一张纸巾铺在地上，很轻地跪下，伏低身子，脑袋快贴在地板上，从门缝底下往里看。

她看到了两只脚，流淌着红色的液体。

她平缓地起身，把纸巾捡起来扔进垃圾桶，走到门口又折返，把桶里的垃圾全倒在最里间的门口。

回到教室，小米问："去厕所了吗？也不叫我一起。"

"没。"陈念说，"有个题目……不会，找老师。"

"找到了？"

陈念摇头。

"我看看。"

陈念随便指一道题，小米歪头看了一会儿，道："可以这么解呀，你看。"

这时，魏莱她们走进教室，目光撞见，魏莱冷冷地白她一眼，却也没别的情绪。

陈念收回目光，落在一道题上："老鹰捕食野兔和蛇，当一个生态系统内野兔数量锐减，蛇被捕的概率就会大大增加。"

放学了，陈念和小米一起出教室，魏莱她们从身边经过。小米看一眼那趾高气扬的身影，忽然说："念，我一直在想一个问题。"

"嗯？"

"你说，是不是因为魏莱？"

陈念扭头看她。

"有几次课堂和课间，魏莱故意找胡小蝶的碴儿，感觉小蝶很受影响。"小米没等到陈念的回答，自己又摇摇头，"应该不会。谁会因为这种事自杀呀？老师说了不要乱说话，所以我都没和别人议论过这事儿。"

陈念不言，隐隐感到危险。

两人不同路，出校门口就挥手告别了。

陈念走过学校院墙转角，耳边传来一声口哨，摩托车刹车。扭头，北野黑T恤牛仔裤，背着一个黑色的吉他盒，骑一辆红黑色的摩托车，连人带车都在闪光，是一幅画面。

陈念盯着他看。

他弓着背，扭头看着她，手指轻敲着摩托车手柄，看了一会儿，见她杵在原地没反应，直起身来，眉心微皱："过来啊。"

陈念走过去，站在马路牙子边。

他下巴往身后摆了摆："上来。"

陈念刚要上车。

"等等。"他扔给她一顶头盔，和他的一样，黑底，白色数字涂鸦。

是崭新的。

头盔很紧，陈念费力地戴好，双手笨拙地系下巴上的绳扣。

他看一眼，打开她的手，揪住带子一扯，陈念一个趔趄撞到他跟前。他垂着眼皮，手指飞快弄几下，绳扣拉紧。

系好了，他把吉他盒取下来，挂在她身上。陈念晃了一下，木盒子还有点儿沉。

陈念踩着踏板爬上摩托车，他脚撑着地，车身轻微晃一下，她赶紧抓住他的肩膀，T恤下硬硬的骨头透着热气。

他握住车头，背影动也不动。

陈念坐好了，松开他的肩膀。

摩托车呼啸而去，少年在晚风里飞驰。

北野带陈念去吃晚饭，到路边停下。她翻身下来没站稳，后退几步，不小心撞上身后的路人，踩了对方一脚，盒子还掺和着打了人。

陈念立刻回头："对……不起。"

是三个男孩中的一个:"没长眼睛啊?"

北野摘下头盔,从摩托车上下来:"你脑袋后长眼睛。"

陈念眼见对方恼了,挡在北野跟前道歉:"对……对不……"

"是对还是对不起啊?"对方火大,"是真结巴还是不想道歉啊?"

陈念背后一股力,暗道只怕拦不住了。

而另一人看着北野,琢磨半刻忽然占上风一般讥笑:"这不那谁的儿子,北野,他妈是个婊子,他爸是个强——"

北野把陈念拨开,奇怪地笑了一下,把钥匙抛过去:"给我拿着。"

陈念赶紧接住,攥在手心。

他瞅一眼来人,一脚就踹出去了。陈念瞪大眼睛,她分不清他是为了什么打架,是为他,还是为了她。

战火点燃,路边摊的椅子都抄上了。

三人不是对手,一会儿被打败。

北野甩甩手,没了在这儿吃饭的兴致,走到陈念身边把头盔和钥匙拿来,重新跨上摩托车插了钥匙套上头盔,边系着下巴上的绳子,边侧眼瞧她:"留这儿看戏呢?"

陈念赶紧上前爬上摩托车。

行到一个路口,遇上红灯。她在惯性作用下往前滑,和他贴紧了,像两张热锅上的烙饼。

夏天的衣衫那么薄,两人隔得太近,没逃出汗味的距离;陈念有些窘迫,屁股小心翼翼往后挪,但她坐在座椅斜坡上,背后还有个大盒子,收效甚微。

她僵在原地。

夕阳西照,红灯时间一秒一秒后退,从153变成59,他终于回头看她一眼,撞上她的视线,就没移开。

"你刚才很吃惊。"

"怕你……会……"陈念抿一下嘴,竭力没有重复那个"会"字,顺道,"被,打。"

"你觉得我会输?"他挑眉冷笑,薄薄的嘴唇勾着。

"那天……"陈念说,"第一次……"

他保持着朝后扭头的姿势,目光越过肩膀看她;虽然知道她想说什么,但也居然十分有耐性地等她把一整句话说完,"见到的时……候,你……被打……了。"

"那天生病发烧。他们人多。"他多少有些傲脾气,又问,"不懂什么叫好汉不吃眼前亏?"

"哦。"陈念说,捧着脑袋上的头盔,点点头。

北野看她半响,说:"你看着挺笨的。"

陈念:"……"

对视太久,她低下头,也低了声音:"你——很会打架?"

"不好?"

陈念低垂的脑袋轻轻摇了摇,又抬起,眸光澄澈地望着他:"我觉得……很好。"

他却没什么表情,盯着她看一会儿,转过头去了。陈念也沉默。

绿灯,他左转弯。

陈念抿紧嘴唇,她家是直走。


摩托车绕进废弃的轧钢厂,道路坑洼,草木绿叶上覆满尘土烟灰。

20世纪七八十年代,钢厂红红火火,工人地位高,这儿的职工最好讨老婆;人在哪个时候都分三六九等。

河东转河西,也用不着三十年。

新世纪转型改革,轧钢厂耗能大,污染环境,于是裁员,衰败,破产,倒闭。一夜之间。

这片地没人管,闲置了十几年,厂房破败,摇摇欲坠,只剩厂区最里头职工宿舍楼,墙面黑黢黢的,是长年被轧钢厂的黑烟所熏。

车轮急刹,陈念往北野背上撞了一下,捂着头盔坐好。她扶着他的肩膀,起身从摩托上跨下来。面前一栋老式职工宿舍楼,时近傍晚,灶烟从一个个门洞里飘出来,像个巨大的冒烟的蜂窝。

北野说:"这边。"

陈念回头。

茂密的老树后一栋两层的楼房,拉着卷帘门,不像是给人住的,倒像货品集散或中转站。右侧墙面上一道镂空的铁楼梯,锈迹斑斑,通往二楼。

那棵树的叶子很香,味道清新,树荫下吊着一串串细细的白丝绦,像珍珠帘子,美极了;走近了陈念才发现,丝线底下那珍珠原来是胖嘟嘟的白色虫子。

背脊蹿上一阵战栗,陈念小心避开,上了楼梯。

二楼,走廊上堆满煤灰、包装袋、旧自行车之类的废弃物。

北野蹲下开锁,抬住卷帘门起身一托,铁皮哗啦啦作响,灰尘在黄昏里荡漾;陈念愣了愣,唇角轻轻弯起。

他回头见了:"怎么?"

陈念低下头:"这个门……很酷。"

北野没什么表情,也没作声。

陈念说:"车……也是。"

"也是什么?"

"也,很酷。"

他还是没什么表情，抬起卷帘门，走进去背对着她了，嘴角微勾，很快又收了，说："进来。"

陈念犹豫一瞬，跟进去了。

光线昏暗，弥漫着闷热而潮湿的男生被单的味道，像屋外的桑树，又像雨打尘土，微腥，湿润，勃勃生机。

陈念看他，他抬手拉卷帘门，肩膀牵动T恤下摆，露出精瘦的小腹，上面有性感而陌生的纹路。陈念别过眼睛去。

他抓住门沿一拉，门落到半腰，抬脚一踩，利落合上了。

他没锁门，走到里屋，拉一拉悬在空中的灯绳。"咔嚓"一声，白炽灯亮，灯光昏黄朦胧，像一捧装满萤火虫的玻璃泡。

一道红色的夕阳从窗帘缝儿投射下来，把房间切割成两半：一边是简易的床和衣柜，一边角落则杂乱散着很多工具和机械，混杂着微微刺鼻的油墨味。

窗子正对西边晒，屋里闷热极了。进门一瞬间，汗从皮肤里蒸出来，跟雨后泥土里冒蘑菇似的，哆嗦，浑身不爽。

北野把落地扇拖过来开到最大挡，吹得陈念一个趔趄，头发扑到脖子上，发丝跟蛛网一样罩住汗湿的肌肤。

见她那狼狈样，他哼一声："纸片儿做的吗？"拿了烧水壶去水龙头下接水。

陈念取下吉他盒放桌上，理了理脸上的头发，四处看，墙壁上贴着海报，有樱木花道，有路飞、索隆，还有周杰伦。墙上的涂料时间久远，发黄，龟裂开，有的地方肿了包，像老人的皮肤。

他拿出几桶方便面，问："你吃哪个？"

陈念扫一眼："酸辣……牛肉。"

北野立在桌边，熟练地撕包装，拆调料包。

陈念过去帮忙，挤酱包时手指上沾了酱。北野看她一眼，拿了纸巾包住她的手指，捏住揉搓几下，顺着指缝儿用力抽回来。

像抚弄孩童的手，犄角旮旯都擦拭得干干净净。

陈念抬眸看他。

他转身去取开水，泡了面，找来两本书压在面桶上。有本初中一年级的英文书，封皮撕掉了，书上画着韩梅梅和李雷，还有位老太太，在对话。

——How old are you?

——It's a secret.

陈念看他："你……"才起音，他漆黑的眸光就挪过来安放在她脸上，陈念的脸僵了一瞬，对视两秒后，嘴才反应过来，"多大了？"

他目光不移，淡定反问："你多大了？"

"十……六。"

他弯一下唇角："读书那么早？"

陈念点头，想说还跳过级，又怕结巴，就咽回去了。一缝儿夕阳照在两人身上，明媚地，她问："你呢？"

"十七。"他松松垮垮靠在桌边，抖着T恤领给胸口扇风，忽而问，"你学习好吗？"

陈念说："好。"

北野顿住，看她半晌，问："没说假话？"

陈念说："没。"

他默了默，拿起桌上的新烟撕开封条，掏出一根含在嘴里，也不知在想什么，最后又拿下来，道："你看着挺笨的。"

"……"陈念说，"你，说过了。"

北野看她："你一直笨着，说几遍都不要紧。"

陈念:"……"

少年的心是敏感的,陈念意识到有个问题答错了,或者说,答快了。

地板上桌子上红彤彤的一道阳光暗淡下去了,北野过去拉开窗帘,推开窗子,人声喧哗;晚风吹进来,带来一阵烤面包的香味;阳光金灿灿的,像面包上的糖衣。

"好香。"陈念说。

北野看一眼手表:"还有两分钟。"

"嗯?"

"两分钟,收废旧家电的人骑车来,去省城的火车经过,新烤的椰丝面包出炉。"他轻轻一跃,从窗子上翻了出去,没影儿了。

陈念惊诧,追去看。

窗台下一道很窄的水泥板平台,连着消防楼梯,楼梯紧挨轧钢厂的院墙,院墙外一条老旧小巷。

北野轻松跳下院墙,消失在巷子对面的面包店里。

傍晚的巷子一派忙碌,裁缝店,小卖部,包子铺,修鞋匠,不一而足。自行车铃响起,未见其人,先闻其声:"收——破铜烂铁嘞——"

不远处,有一条铁路通向远方。

陈念回到桌边把面桶上的英语书拿下来,揭开纸盖,热气扑脸,还好,面没泡烂。

"嘟——"黄昏里传来火车汽笛声。陈念抬起头,微微笑了。

北野翻上窗户,顿了一下;陈念站在夕阳下的桌边撕面桶上的纸盖。落地扇在摆头,大风扫射,吹得她的裙子一会儿鼓起来一会儿瘪下去,白色单薄的布料勾勒出她身体各个角度的轮廓。

窗外,少年的小腹底下烧起一丛火,火苗从胸膛蹿上去,燎到嗓子里,烟熏火燎。他翻进屋内,拉上窗帘,室内昏暗一片。

陈念抬头，慢慢地说："面还很，烫。"

北野把新烤出来的面包递到她手里："先吃这个。趁热。"

陈念咬一口，蓬松温软，奶香四溢。她身体猛地一僵，北野的手从她裙摆下探进去，沿着大腿内侧的肌肤往上摸。

陈念扭头，与北野的目光相触，他的手在她裙下得寸进尺，低声问："害怕吗？"

陈念躲避着踮起脚尖，他的手尾随而上。她发着抖，眼珠一转不转地盯住他，懵懂而惶惑。

窗外，火车哐当哐当，空气震颤，天动地摇。

"害怕为什么跟我回来？"他稍稍用力，几乎单手把她托起；她闷哼一声，手撑着桌子竭力踮高脚尖。

他说："想清楚了吗，就跟我回来？"

陈念摇了一下头，汗珠从额头上冒出来，沾湿的额发打成细细的小卷儿。

她奢望得到保护，却显然没预估清楚他要什么交换。

她脚尖颤抖，摇摇欲坠。落下来的一刻，他放开她了。

陈念在原地杵了一会儿，觉得没有意义，她鄙视自己的胆怯和莽撞，又觉得羞惭，想清楚了，于是低声说："我走了。"

北野眯起眼睛，拿叉子敲了敲面桶："吃完再走。"

"不……用……"陈念见他脸色不容反驳，到桌边坐下。

她吃得慢，他先吃完了，坐到窗台上抽烟。

陈念吃完，收拾了一下，朝他说："好了。"

他扔了烟头，从窗台上跳下来，带她出去。

出了卷帘门，陈念带着最后一丝自尊，说："我自……己回去。"

北野笑出一声，却没有笑意："真的？"

那笑有些残酷，陈念不吭声了。他和她都清楚，天色昏暗，她连这片厂区都不敢走。

似乎要变天，晚风出乎意料地冷冽。

陈念坐在摩托车上，打了几个哆嗦。这段路格外漫长，两人都没说话，过红灯的时候北野也没回头看她。

到家门口，狂风大作，树叶沙沙，陈念解下头盔还给北野。

北野说了句："扯平了。"

肯定句，却有一丝不易察觉的疑问语气。

陈念抿着嘴巴点了点头。

北野："说话。"

陈念："早就……扯……平了。"

他看她，眼里有种荒漠的气息；又看向前方了，世界是透明的，一秒后，摩托车发动。

也是那一瞬间，豌豆大的雨滴密密麻麻砸下来，打在陈念脑袋上，有些疼。下雨了。而他黑色的身影早已看不清，红色尾灯迅速消失在转角。

雨顷刻间越来越大，势不可当，地上尘土飞溅。

啊，雨季要来了。

陈念跑到楼梯边，手机响起，是曾好。她应该从厕所隔间脱困了，陈念接起来听，脚步却顿住。屋檐上雨水哗哗，打起泥巴溅在她的小腿肚上。寒意从脚心往上蹿。

"你……你说是我……说的？"她在狂风里咬牙，愤怒，惶然，舌头打结，"你是怎么答……应我的？你答应了不……不会把我牵……扯进去的！"

放下电话，背后一阵恶寒。

她心虚地回头，巷子里黑漆漆的，只有浩大的雨幕。

她猛地冲上楼梯,也不知在害怕什么。她飞快掏出钥匙开锁,黑暗里看不太清,钥匙插半天也插不进去锁孔,莫名的恐惧更甚。

手一抖,钥匙摔在地上。

陈念蹲下去捡,余光瞥见黑暗的角落里有光闪了一下,是烟头。

她僵着脖子回头,撞见一双阴冷发亮的眼睛。

魏莱弹了一下烟灰,从地上站起来。

# Chapter 3　　繁华下的阴影

天蒙蒙亮，陈念从梦中惊醒，听见内心跳动的骤痛。

昨晚，魏莱向她扑过来的那一刻，她慌忙找到钥匙孔，冲进屋关上门。

电闪雷鸣，魏莱在屋外把门踹得巨响。陈念抵在门上，墙壁上涂料碎屑震下来，掉进她眼里，疼得眼泪直流。

后来魏莱走了，留下一句话："陈念，你找死。"

雨停后依然燥热，陈念翻身看手机，早晨五点。

她抹了抹脖子上的汗，打开电扇，倒在床上发呆。天渐渐亮了，等到六点四十分，她给远在温州的妈妈打电话。

"喂，念念呀，这时候还没去上学？"妈妈声音微哑，那头充斥着群体刷牙洗脸的声音。

陈念低头揉眼睛："妈妈。"

"咦？牙膏用完了，大姐，借我一点。"那头依旧忙碌，刷上牙了，含糊地问，"怎么了念念？还不去上学。"

"妈妈，你……回来照……照顾我吧。等我高,考完，好不好？"

妈妈吐了漱口水，说："厂里年中赶工期，请不了假啊。别说两个月，那得被辞了。念念乖,再坚持两个月,好不好?"

陈念没吭声。

妈妈安静下来,走到一旁,远离了同事们,说:"念念是不是想妈妈了?"

陈念点了点头,半晌,才低低地"嗯"一声。

妈妈轻哄:"我们念念要上大学,妈妈得赚钱给你攒学费。不工作了,学费、生活费哪里来?讨米去呀?"

陈念抹了一下脸上的水,瓮声问:"车……车间里有电……电风扇吗?"

"不热的。"妈妈说,"别担心我。念念,好好学习,等你上大学了,妈妈就能享福啦。"

陈念心情好歹平静了些。

即使妈妈回来,也只是安慰,于事无补。何况这是个奢望,对她们一家太奢侈。

开门又是个大晴天,早上的太阳光就已带了热度。

陈念一路谨慎一路平安地到了学校,进教室时,曾好的位置上依旧没人。

同学们议论纷纷。

小米给她打报告:"陈念,昨天学校出事儿了。"

"嗯?"陈念装作不知。

"清洁阿姨在厕所收垃圾的时候看见垃圾都倒在地上,就过去清理,还骂乱倒垃圾的,结果听见隔间里有人哭着求救。再一看,门缝里有红色液体,差点吓掉魂,原来那个一直不开门的隔间里有人,是曾好。"小米讲到惊险处,煞有介事地停下留悬念。

陈念看着她,表情平定。

"不是死人。"小米说,"她衣服、鞋子都没了,全身是红墨水,怕被同学们看见了议论,不敢出来,直到清洁工阿姨来才敢吱声。"

陈念回头看,魏莱的座位也是空的。

"你听我说呀,"小米把她拉回来,"曾好说是魏莱、徐渺她们干的。"

"啊?"

"她被她们欺负,闹到警察那儿去了。关键是,曾好还说,胡小蝶自杀是因为魏莱她们。——看吧,果然是因为她们,不止我一个人这么想,大家都这么说。"

是啊,全班都在议论,细数曾经在哪儿哪儿见过魏莱和胡小蝶的矛盾摩擦。

堵塞洪流的堤坝决了口,不可挽救。

陈念感觉自己在江水的旋涡中心,随泥沙直下。

李想走过来,笑容灿烂,晃晃手里师大附中的试卷:"陈念、小米,你们要怎么谢我?"

陈念看他一眼,没作声。

李想见她表情不太好,忙改口:"我就说说,来,给你们。"

小米接过去,大声道:"谢谢。"

李想还要说什么,上课铃响,老师进来,学生归位。数学老师没来得及宣布上课,班主任出现在教室门口,对陈念招了招手:"陈念,你出来一下。"

喧闹的教室瞬间安静,静得发抖。

陈念是一回生,二回熟。

跟着班主任出了教学楼,他说:"你跟我去一趟公安局。"

陈念点头。

半路,班主任开口:"曾好说,你说的,魏莱、徐渺她们……"他斟酌用词，最终选了个得体的，"她们和胡小蝶有矛盾。"

陈念犹豫半刻，终于决定说是，抬头撞见班主任笔直的目光，仿佛感应到什么，话在舌尖又咽下去。

"你这么说过吗？你知道吧，我们学校还从没出现过这种事情呢。"

陈念抿紧嘴唇，说："曾……曾好也……也被欺负了。"

"那胡小蝶呢？只欺负过一次吧？"

陈念不太明白，揣摩老师的神情。

"不然，我、教导主任、学校领导也不可能不知道啊。"

"班里同学都……都在议论。"

"那是同学间的小摩擦，我说的是'欺负'呢。"

陈念默然，半刻后低下头，道："是。"

曾好答应过她，不会把她牵扯进来，她才告诉她胡小蝶的事，可结果呢？曾好不守信在先，即便她过会儿否认，也不算对不起她。陈念想。

进大厅，听见一阵号哭，胡小蝶的父母和魏莱、徐渺等人的父母揪扯成一团，工作人员努力也分不开。

"杀人犯！凶手！"胡家父母情绪激动，胡母更是号啕大哭，"是她们害死了我的女儿，是她们害的。"

魏莱的母亲尖声反驳："说话要讲凭据的！哪个孩子在学校里没个吵架斗嘴的？哦，我骂你，你就自杀，那街上骂人的是不是都要抓起来枪毙呀！"

"她们打她了！她们一直在欺负她。"胡母揪扯住魏母摇晃，"凶手！杀人犯！生了孩子却不教养！"

魏母还反驳，被徐渺父母扯开，徐母泪流满面："出了这种事谁都不想，孩子是我们没管教好，我有错。但求您别把责任全推在孩子身上。她们还年轻，还得过下去。犯了错也得留一条生路。"

魏母不认，争执起来，一团混乱。

班主任带陈念进了电梯。

审讯室门口,等待她的是那日去学校的年轻警察,一身制服,挺拔俊朗,微笑看着陈念,好似熟人。他刚毕业不久,比陈念大不了几岁。他看陈念时,眼神总是温和又不失敏锐,似乎要看进她内心。

班主任拍拍陈念的肩膀:"别怕,好好说。"

陈念随郑警官进去,门关上。

"胡小蝶坠楼当天,她有没有和你说什么?"

陈念摇头。

"你确定?"

"嗯。"证词要一致,她是知道的。

"曾好说,你说在胡小蝶坠楼的前一天,你看见魏莱她们对她……"郑警官顿了一下,浓眉蹙着,说,"进行凌辱。"

这个词叫陈念心头一震。

她没作声。想否认,嘴却张不开。

"陈念,如果情况属实,施暴人会受到相应的处罚。"

陈念嗓子里压着块砖,她看见郑警官灼灼坚定的眼神,胸前名牌上写着他的名字:郑易。

他轻声说:"陈念,相信我。"

房间里只有他们两人,空气凝固。他的眼里有包容的大爱。

仿佛经过一个轮回的磨炼,陈念点头了。

"能具体描述当时的状况吗?"

魏莱针对胡小蝶,一开始只是看不惯,或许因为胡小蝶太漂亮,或许因为她和每个男生关系都很好,或许因为胡小蝶被篮球场上的李想迷住并靠近他。原因已无处考究。结果是,在同学们看得见的地方,冷嘲热讽,肢体上无意"撞"一下、"打"一下。在大家看不见的地方,比如天台，比如厕所，比如图书馆、食堂后的角落，则……

如果说周围的同学没察觉一丝异样，是不可能的。但出于各种各样的原因，大家都选择无视——

不过是同学间普通的摩擦，谁还没有看不惯的人。

这关自己什么事儿呢？

学习的重压忙得人焦头烂额。

和胡小蝶又不熟，谁把旁人的事挂心上。

当强与弱对峙，出现孤立与被孤立、欺凌与被欺凌的情形时，生物的潜意识会让他们趋向于远离被孤立、被欺凌的一方。

人害怕离群，尤其是孩子，他们比成年人更害怕，因为他们往往也是弱者。

陈念看见魏莱、徐渺她们辱骂殴打胡小蝶，扯她的衣服把她剥光时，她远远躲开了。她害怕连带成为被欺凌的、被捕猎的。

班主任被留下询问，陈念从电梯走进大厅，吵闹的人群散去。大理石地面上空旷而干净，映着夏天上午蓬勃的阳光，晃人眼。

走在回学校的路上，陈念隐约忐忑，但又轻松。

事情总有好的解决方法，她庆幸自己悬崖勒马，没有找那个和她南辕北辙的人寻求庇护，没有走那条势必会让她后悔的路。

这么想着，就看见了他。

上天是成心的。

北野坐在路边的花台上抽烟，一脚屈起踩着花台，另一条腿伸得笔直搭在地上，看着格外修长。

手臂上吊着的白色石膏格外显眼。

他周围或站或坐着一群松松垮垮的人，吞云吐雾，嘻哈调笑，诸如"×""他妈"之类的字眼弹跳着蹦进陈念耳朵里。

北野微低着头吸烟,没看见陈念。他的一个同伴勾着他的肩膀和他说着黄话,那人笑得前仰后合,他被搂着摇来晃去,也笑了笑。

目光一抬,看见了路过的陈念。白色的校服裙子,白色的球鞋。

陈念也看他一眼,被他的同伴逮着了,挑衅:"看什么看?"

陈念立刻别过脸去。

北野低下头,在花台边沿敲敲烟灰。

那人回头见同伴们在交流,插话:"北哥,你看,一中的女生长得都好看。"

北野没答话,倒是一个黄发少年笑他:"赖子,你看谁都漂亮。"

叫"赖子"的人低声:"女生的手腕还有小腿怎么生得那么细?"他边说边圈起拇指与四指,比画,"有这么粗吗?这拧一下就断了。"

众人看看他比画的粗细,而后齐刷刷看向陈念,细细的手腕和脚踝,被阳光照得白嫩嫩的,能闪光似的。

北野把烟头摁灭在花台的泥土里,脚放下来,直起身:"还走不走了?"

"走走走。先去买杯茶喝。"一伙人拥进路边的小店。

北野不紧不慢地走在后边,和陈念擦肩而过。她没看他,他也没有。错过了,他脚步一顿,舔着上牙龈,终究不甘心地回身:"喂。"

陈念回头。

"不上课在街上乱跑什么?"这话说得,他多有资格教训她呢。

陈念没回答,眼中的歉疚一闪而过,随即看他的眼神里画了界线,说:"走了。"

转瞬即逝间,北野觉得没劲透了。

片刻前见到她时秘密的惊喜荡然无存,他们之间,天壤之隔的差距。

他轻轻挥了下手,示意她可以走了。

"小丑鱼能清洁海葵的坏死组织和寄生虫,而小丑鱼在海葵的触手间摩擦,可除去自己身体上的寄生虫或霉菌。"

复习到最后两个月,做题总能遇到相似的题目,瞟一眼不用过脑子就知道选什么,但老师说,出题人偏爱旧题出新意,切莫掉以轻心。

陈念把李想带来的那几套卷子做完,和小米对了下答案,讨论分析了一遍出错的地方;学习纠错完毕,正好敲下课铃。

心满意足。

陈念伸伸胳膊,下巴往教室外抬了抬,示意小米和她一起出去透透气。

两人趴在栏杆边看绿树蓝天。雨季到了,每天夜里暴雨如注,白天却阳光灿烂。

小米说:"陈念,你从公安局回来后,好像变轻松了。"

陈念道:"做了该做……的事情,得……到了……合理的结果。"

小米心里明白,咧嘴笑了。

笑到一半微微收敛,陈念顺着看,曾好出现在校门口,她的父母拍着她的肩膀,叮嘱什么。

陈念看了会儿,回头望远处的操场,榕树茂盛,遮住了看台。她望见院墙的角落,校外有一群白衣少年路过,一闪而逝,没有谁从高高的栅栏上翻墙而来。

她听说了关于那个少年的故事。多年前,一个妓女报警,说被人强奸。男的坐了牢,后来病死,女的继续营生,孩子被扔在福利院长大。

而后来出生的那个孩子,长大了,却一点儿都不可怕,一点儿都不让陈念害怕。

小米的话让她收回思绪:"陈念,我有时在想,只有你看到胡小蝶被欺负了吗?"

陈念安静地看她。

小米解释:"我不是说你。如果我看到,我也会害怕,怕被牵连报复,我很可能也沉默,谁也不会料到后来的结果。假使小蝶没死,这件事似乎不值一提,过眼云烟;可她死了,这件事就变得很严重,仿佛得和人的道德绑在一起似的。"

"我也想……过这些。"陈念不自觉地搓手,"我一直都只想快……快点离开,不关心别的,不想惹……麻烦。但也不……不想变成我……我讨厌的样子。"

小米说:"所以你最终说出来了,选择了正确的做法。"

陈念说:"可,对个人来说,选择正确的路,很多时候,没什么好处,只有弊端。"

陈念耷拉下眼皮,是困惑的。

小米也托腮,长长地叹气:"想不明白呢。"

两个好朋友拧着眉毛,沉默。

"不,不是只有弊端。"小米忽然说,"你做好事和坏事,都会给身边的人造成影响,就像能量传递一样,会引发连锁效应。我不希望这个世界变成我讨厌的样子。我觉得每个人都能改变世界,从做好自己开始,哪怕一点点。陈念,"小米回头看她,斗志昂扬地微笑,"我们两个,以后都要做个好人,好不好?"

陈念看见,小米的手伸在空中,阳光照进指缝,充满希望的粉红色在流淌。

那一瞬间,她很安宁。她忽然没那么想从这小小的校园里逃离了。

很多个站在栏杆边望天的岁月,少年的脑袋装着许多想不通的事情,一天又一天,一年又一年,想社会,想人与人,想世界,想对与错,想人生,想善与恶。

做学生的时候,时间总是又慢又长,会想很多事;等以后长大了,忙碌了,变成医生、老师、警察、包子店老板娘,忙于生计工作,就不会再有那么多时间瞎想。

或许,胡思乱想,苦思冥想,这就是做学生的意义吧。

陈念回头,恰巧看见曾好回来。

两人目光相撞,她没什么表情,径自走进教室,回到座位上拿出书低头复习了。

又是一节体育课,陈念和李想打了半节课羽毛球,又热又累。

李想体力好,和男同学接着打,陈念则回教室休息。

躲避艳阳,跑上看台,树荫下闪过一片黑影,陈念心头一个咯噔,一群人冒出来,为首的正是魏莱,杀戮般的恨意写在眼里。

陈念错愕,她以为魏莱、罗婷她们会被看管起来的!她瞬间陷入最深刻的恐惧,以至于好几秒内,她站在原地做不出任何反应。

"羽毛球好玩吗?"魏莱说。

她们朝她走来,陈念没动,像一只被固定在捕鼠夹上的小鼠,濒死,无力回天。

陈念挨了魏莱一耳光。李想,胡小蝶,新仇加旧怨。她的耳朵轰鸣一片。

魏莱示意同伴,几个女孩上来,七手八脚地拉陈念。陈念用力推她们一把,结果招来劈头盖脸好几巴掌。她根本应付不来,忽听一声呵斥:"你们在干什么?!"

她抱着头不肯抬起来。

"魏莱!罗婷!还有你们几个!是不是不想拿毕业证了?!"班主任恼怒不已。

"谁准你们来学校的,啊?!"班主任怒斥,但女孩们如同耳边风,谁都不应答，她们翻着白眼，不受老师半点震慑，闲闲垮垮地散开，往看台下走了。

经过陈念身边，魏莱撞一下她的肩膀，盯着她挑眉冷笑："不整死你。"

陈念恐惧得心揪成一个点。

班主任也听见了，吼："你们还知不知道悔改？"

魏莱等人头也没回，吊儿郎当地走了。

班主任怒不可遏，挨个儿给她们家长打电话，让他们好好管束。但家长们正上班，言辞敷衍。打完电话，火气更上一层楼。

陈念杵在原地，头发散乱，形容狼狈。

班主任看她一眼，火"噌"地灭了，他过去拍拍陈念的肩膀，叹气："别受影响，别分心，再坚持一下，考试完就解脱了。"

曾经，仿佛所有的希望都寄托在那场考试上；可如今，爬向希望的天梯摇摇欲坠。

"老师……"陈念抬头望他，嘴唇微微打战，"放学了，您能不能送……送我回家。"她声音又小又抖，像挂在风扇前的丝线般扭曲不成形，"她一定会……会报复我的。我知道。"

接下来一个多星期，陈念不敢独自上下学，由班主任接送；她好几次看见了魏莱她们，阴魂不散，远远地直勾勾盯着她。每次一闪而过，她指给老师看时，人就不在了。

而比起放学路，学校才是噩梦的开始。

平时跟魏莱好而没受牵扯的几个女生把陈念视为眼中钉，打击报复：在课堂上更加肆无忌惮地模仿她的口吃；发作业时伸脚把她绊倒；在她椅子上泼红墨水，坐下去白裙子上便全是"经血"。

下课后，经过身边秘密地狠拧她的胳膊，转头装不知情；把她反锁在厕所隔间里；玩闹中"不小心"把水泼她身上；"挡了路"直接推搡撞开甚至扇脑袋。

陈念和老师说过，但这群人早已不服管束。

李想帮过她几回，她也尝试抵抗，结果变本加厉；小米的帮忙则让她差点被连累。

更多人和曾好一样选择远离。

曾好的父母交代她了，明哲保身。现在关键是学习，别与人为敌。那天在公安局，曾好父母做主原谅了魏莱，让两人握手"和好"，前尘既往不咎。

被捕者只剩下陈念一人。

学校就是一个生物群，生活在其中的动物趋利避害，远离陈念，远离被排斥、被欺压的弱者。

毕业班工作太多，对于陈念，班主任处理不过来了；而接送陈念一事，他也渐渐力不从心，且魏莱一直没再出现。

班主任和陈念说，不能接送她了，路上如果有事，及时给他打电话。

那天放学后，陈念不敢留在教室，也不敢走出学校，便站在校门口。背着书包的同学们潮水般涌过，她像被神仙画了保护圈的凡人，不能轻易挪动半步。

最后一个学生离校了，门房的灯亮了，门卫端着饭碗去打饭，问："你怎么还不回去？"

陈念摇了摇头。

她脚麻了，坐在台阶上。四周很安静，她望着昏暗下去的世界，觉得自己像待在坟墓里。

走投无路了。她想起来，从书包里拿出郑易给她的名片。

郑易赶来时，天黑了。

门房窗户散出昏黄的光，像个破旧的灯笼。陈念孤零零坐在台阶上，缩成很小一团。

"抱歉，工作太忙，我来迟了。"郑易跑得气喘吁吁，两三步跨上台阶，拍拍她瘦弱的肩膀，"走吧。"

陈念没动，她呈环抱双腿的姿势，脑袋埋低，如一只蝉蛹。

她太累了。

晚风很轻，吹过郑易警官汗湿的背，勾起遍体的凉意。他察觉到一丝异样，他也记得他承诺过，如果她开口，那群人会受到惩罚。

可她们没有，下地狱的是她。

迫不得已的失信让他内心苦闷，他保证，今后会尽全力保护她。

他蹲下，尚未开口，见陈念摇了摇头，轻声说："学校，不该是这样的。"

一句话叫郑易张口无言。

"大学……就会好吗？"她抬起头来，眼含泪水，问，"会的吧？"

她恳求："一定会的吧？"

郑易看着面前的孩子，心里突然被捅了一刀。

她眼眶红了，嘴唇哆嗦着，忏悔："郑警官，我说……谎了。我有……错。对不起，胡……小蝶，她跳楼那天，和我……说了一句，话。"

郑易心里一紧："什么？"

"魏莱她们，在欺负我，你们看不到吗？"

你们看不到吗？

为什么不做点什么？

你们为什么不做点什么？！

郑易是无奈的。

曾好家原谅了魏莱，认为是同学间的恶作剧；胡小蝶的确在学校受到魏莱等人的欺压，但胡小蝶的自杀，从法律上说和魏莱没有直接的、必然的联系。

至于魏莱等人殴打凌辱胡小蝶，在其身体上的伤害经法医鉴定，远未达到受伤标准。按条例应拘留数日，而鉴于施暴者未成年，让家人带回去管教了。

虽然魏莱退了学，但这对陈念来说，没有意义。

不在学校，魏莱她们成了一群没上锁的狼狗，潜伏在放学回家的路上，在你掉以轻心的时候，蹿出来围攻你、咬烂你。

食物链上下级的狼和羔羊，没有战争，只有捕猎与被噬。

郑易每天接送陈念。

他对她很好，给她带早餐晚餐，有时带她下馆子，说她太瘦，要补充营养。

由于工作性质，他时间不固定，陈念就习惯了坐在家门口的台阶上，或是学校门房的灯光下，背着单词，等着他的出现。

早晨金色的阳光照在她头上，脖子后边暖洋洋的。陈念看见面前自己的影子，脑袋上一圈毛茸茸的细发。

再看手表，今天要迟到了。她心无旁骛，默默念单词。

院子外传来脚步声，不是郑易。

院墙上蔷薇花瓣簌簌坠落，陈念屏气，扶着墙壁缓缓起身，侧身把右脚往台阶上挪，准备随时逃回屋子里。

少年的侧脸，不经意或习惯性地往里一瞥，目光穿过爬满青藤的铁栏，胶着一秒。

两人大眼对小眼，表情茫然而滑稽。

好久不见，北野的头发长长了一点，手臂上的绷带也拆了。

他先开口:"你在这儿干什么?"

陈念收回右脚,站好了,小声争辩:"这……我家。"

北野竟像是被她堵了,一秒后才道:"我说你不上学在这里干什么?"

陈念不作答。

"问你话呢。"他手插在裤兜,拿脚踢一下院子门,像要走进来的样子。

陈念说:"不要你……管。"

院门"吱呀"摇晃打开,他停在了原地,风一吹,院墙上的蔷薇花瓣落在他肩上。

陈念垂下眼皮,把单词本装进书包,从台阶上走下来,经过他身边去上学,心中诧异他是不是比上次长高了。

北野扭头看她,等她走出一段距离了,拔脚跟上。

陈念加快脚步,转弯处出现郑易的身影,她立刻跑过去。

北野停下了,眯起眼睛远远观察着。呵,难怪。

"北哥——"

"小北——"

他的朋友走过来,赖子和黄发的大康。大康勾着他的肩膀和他说话,他没应,大康奇怪,顺着他的目光看过去,打量半刻。

"欸?这不是上次那个……"他想到什么,推推北野,"你认识她啊?"

北野被他推得轻微晃了下,转身回头,看见肩上粉白色的小花瓣,无端烦躁,抬手掸下来。

"欸,怎么认识的?"大康八卦地凑上去勾住他的肩膀。

"我欠她钱。"北野说。

"多少啊?"

"多了去了。"北野皱了眉歪一下脖子,打开他的手。

058

又见赖子仍望着女孩跑远的方向，皱眉，斥："看什么看？"

赖子回过头来，黄发的大康冲他挤挤眼睛，示意他噤声。但他只当北野心情不好，并未往别的方面想。

毕竟，北野是他们一帮人里对女孩子最冷的，或许是他母亲的原因，他厌弃女孩，多少漂亮女孩追逐他，结果却被他厌恶的眼神逼得退避三舍。


陈念跑到郑易面前，抬眼望他。

这些天有了默契。她不用说话，他看她的眼睛，就明白她的意思："我和你们老师打过招呼，迟到没关系。"

陈念点头，快步往前走。转弯时故作无意地回头看，巷子里空荡荡的，少年已不在。

郑易把买的早餐递给她，今天是一块华夫饼。

陈念接过便拆开，边走边吃，不然等早自习下课，就凉了。

郑易只比陈念大六七岁，即将毕业的高中生和刚毕业的大学生，有话题聊。但陈念话极少，从不主动说话，回答也常常只有一两个字。

郑易猜测她因为口吃不愿和人交流，也不为难她。

到马路边，他轻轻拉她的胳膊，提醒她注意红灯。

"陈念。"

"嗯？"

"上大学想报什么学科？"

她把嘴里的软饼咽下去："数……学，或物……物理。"

他稍稍意外，侧低下头看她，含笑："为什么？"

陈念垂着头："基……础学科，奖学金……多，好出……国，"隔半秒加一个安慰性的词，"……深造。"

郑易脸上笑容凝固，她侧脸平静，慢吞吞又开始咬华夫饼了。她一直如此,喜怒不形于色,像一具没有感情的布娃娃。

绿灯亮了。

他沉默地握住她细细的胳膊,注意着来往的车辆,护她过了马路。一直走上马路牙子,他忘了松开。

陈念轻轻地挣脱。郑易愣了愣,忽然意识到,他把她看作小孩子,可在她眼里,他是一个男性,且是年轻的男性。

他不自觉看看陈念,她穿着简单的校服裙子。虽然瘦弱,可女孩的身体轮廓新鲜而温和,有这个年纪特有的清新。

他收回目光。

走了一会儿,郑易问:"你怪我吗?"

陈念沉默半刻,摇了摇头。

"失望吗?"

她不做动作了,闷不吭声地咬甜饼。

枝丫盛开繁花,他们从树荫下走过。

"陈念,对不起,让你在这个年纪就看到丑陋肮脏。很抱歉,让你这么早就发现正义不是时刻存在的。很多不好的事,是我们无力改变的。但,我仍然希望,你不要失望于社会,不要失望于人类。"

陈念吃着华夫饼,不应答,脚步也不停。

"利人与利己,很多时候是矛盾的。"郑易说,"但,不做对的事,就感觉这个社会没有希望。在我成长的过程中,人们总说,人会在环境里慢慢迷失自己,等你长大,你就不这么想了。我不服气,那时就暗暗发誓,我偏不要,不要屈服,不要被改变。"

"陈念,你不要受他们影响,不要被他们改变。"

陈念仍然没表示。华夫饼吃完了,她把塑料袋扔进垃圾箱。

郑易不觉不快,他淡淡笑了,大哥哥一样揉了揉她的脑袋。她抬起脑袋，眼神略微茫然。

看见学校大门了，郑易问："有没有别的不顺心的事？"

陈念摇头。

"去吧。"

上课时间，校园里空荡而安静。陈念回头看，郑易还站在门口，冲她招了招手，转身走了。

上次，她告诉他她在学校里受欺负，他出面找那几个女生谈。不知她们是否真的服气，但她们不再骚扰陈念。她好歹能静心学习了。

经过宣传栏，上边写着离联考还剩45天。

考试完，就有时间；不用上学，去学跆拳道。一填完志愿，她就离开曦岛去妈妈那里。不过，她在精品店看到一个杯子，走之前要买下送给郑易，让他多喝水。

那天放学，陈念又去精品店看，来了新款，质量更好，价格也更贵。陈念思索一番，郑易对她的照顾不是一个杯子能报答的。但她能给的也只有一个杯子，再贵就不行了。

走出精品店，意外发现郑易已经在校门口的阶梯上等她，陈念赶紧跑去，他背对她，守望着校园拥出的学生。陈念犹豫片刻，戳了戳他的背。

他回头见着她，瞬间便笑了。

陈念微拧着眉，眼神带了疑问；他看懂了，解释："今天正常下班。"

两人往回走。

郑易问："难得有时间，你晚上想吃什么？"

陈念不想他破费，道："家里有……有面条。"她想想，补充一句，"我……我们……吃，面条吧。"

她以她的方式在邀请，在回报。

郑易愣了愣，揉揉脑袋，半晌，有些不好意思地笑笑，说："也可以。"

到家附近,陈念心想要不要去买点菜,不能光吃面吧,不像样子。郑易手机却响了,接起来听一会儿,人就皱了眉,说:"我马上过来。"

出了一起很恶劣的案子,他得立刻赶去。陈念说:"你忙,我明后……天放假。"

郑易走了,陈念就不打算买菜了。

离家还有两条街,陈念突然看见了魏莱。这些天有郑易护送,但她的警惕从未放松,在见到魏莱的一瞬间,陈念转头就跑。

猫鼠游戏在青石巷里展开。

自行车,行人,车辆,路边摊,鸡飞狗跳。没人知道跑在前边的女孩在躲什么,也不会深思追在她身后的一群女学生想干什么。

她们像风一样刮过,不留痕迹。

陈念跑出青石巷,冲过主干道,差点儿被疾驰的车辆撞飞。司机急刹车摇下窗户大骂:"找死啊你!"

陈念回头,魏莱她们追到路边,还没放弃她。

她爬起来仓皇逃跑,跑进一个老旧的小区,到最后,竟发现后门锁上了!

她愕然望着,大口大口地喘气。汗如雨下,她冲上去猛摇铁门,推不开。

垃圾堆里蚊蝇飞舞。楼房后传来魏莱她们的声音,陈念想也没想,本能地钻进垃圾箱。

臭气熏天,她捂住口鼻,炎热的夏天,汗水湿透衣衫。

刚才只顾跑,忘了害怕。现在好了,得还账了,恐惧像虫子一样钻进她的毛孔,啃咬着她的身体。

"那婊子呢?!"

"是不是跑到那栋楼后边去了?"

"贱人!别让我把她找到!"

几只老鼠从垃圾堆里翻出来,吱吱叫,那漆黑如豆的眼珠盯着她,蹿到她脚下。陈念惊恐地瞪大眼睛,双手捂死了嘴巴不出声。

汗水像下雨,从她紧蹙的眉心流下,眯了眼睛。

汗湿的腿黏在一起,蚊子苍蝇叮在上边。

她想起了胡小蝶。她和所有人一样对她的遭遇漠视,如今,她落得同样的下场。没有人看得见她,没有人会为她做什么。

不知过多久,没有任何声音了,陈念从垃圾箱里爬出。她湿漉漉的,像刚从水里捞上来。

她行走在巷子里,如行尸走肉。她不敢回家,不敢再走熟悉的路。

熟悉的面包香让她回过神,她抬头,看见坑坑洼洼的矮院墙,生锈的消防楼梯,还有少年翻过的那扇西晒的窗子。夕阳斜在上边,一半明媚一半深渊。

面包的香味让她饿了。

她费力爬上院墙,爬上只有两双鞋宽的水泥板,拉那扇窗,锁着。

她筋疲力尽,坐在狭窄的水泥板上,稍微歪一下身,就能摔下去。但那有什么用呢,能断一条腿,死不了人。

晚风风干她的汗,变成白花花的盐巴。夕阳照着她脏兮兮的脸,她想起郑易说:"我希望:你不要失望于社会,不要失望于人类。"

她木然张了张口,良久,发出一个音节:"你……"

太阳落山,天渐渐黑了,铺子里的灯泡次第亮起,咔嚓,咔嚓。面包香飘过一阵又一阵,北野的灯始终没亮。

陈念像一只挂在窗外的孤魂野鬼。

她轻声发着音节,练习那句话:"你……"

夏夜蚊虫很多,咬她的脸颊脖子手脚,她仍在练习那句话:"你……"

夜深了,电闪雷鸣;终于,她听见卷帘门哗啦打开,很快,灯光朦胧。

她抬头望，盯着那扇窗。

屋子里各种响，拉椅子，开电扇，踢厕所门，尿尿，冲马桶……

像是过了一个世纪，少年顾长的身影出现在窗帘上，幕布拉开，金黄色的光芒破天洒下。

北野瞪着她，张开口，不发声。

陈念没有结巴，没有停顿，对他说："你保护我吧。"

## Chapter 4　雨季里的骄阳

陈念蜷缩太久，起来时全身发麻，差点从水泥板上摔下去，北野及时上前，抱住了一个粗糙而狼狈的身体，散发着盐渍汗液和腐败垃圾的气味。

暴雨来前，狂风肆虐。

他把她从窗外拖进来，像拖一个麻袋。又把她头上衣服上的树叶纸屑不明垃圾抓下来扔窗外，渐渐动作有些不客气，末了，关上纱窗，寒声问："谁弄的？"

闪电照得他和她的脸森白。

"问你话呢！"她要是把椅子他能把她摔了，"他妈的谁弄的？！"

陈念低着头，很久后，低声问："你的手，好了吗？"

北野神色微变，一身的戾气瞬间没了，拆了绷带的手不自觉动了动，人别过头去："没事。"

两人在昏黄的白炽灯下相对站了一会儿，北野觉得她就是一团棉花，他怎么都使不上力，憋着气说："你去洗洗。"

陈念垂首在原地，手足无措。

北野想她还真是迟钝，踹一脚挪个窝，伸手要推她一把，碰到她后背，风干的汗渍把衣服结成硬块。

手指保持着触摸的姿势，她也没有躲开。

"给你找件衣服。"他拉开衣柜，随手抽出一件白衬衫递给她。陈念伸手接，看见自己手很脏，指甲缝儿里全是黑泥，手缩回来。

北野转身走进浴室，把衬衫挂在钩子上，回头发现她悄然跟进来了。

他走到墙边，从歪歪扭扭的架子上取下花洒，搓一搓水龙头上灰白色的水垢，低头指给她看："这边是热水，这边凉的，"说着给她调水温，"水压不稳，你注意……"

一瞬间，后面的话吞了回去。

视线内，女孩脏兮兮地赤裸着双足走来，校服裙子"唰啦"掉在脚边，起初留有坚挺的线条，待水流冲走盐渍和污泥，那布料渐渐柔软下去，显现出它本应该有的清洁与雪白，像一块慢慢融化的奶油。

少年的心如同那件衣裳。

女孩的衣服接二连三掉下来。

沾满水锈的瓷砖上，水声迤逦。

北野吸了一口气，抬起眼帘，目光贴着她，往上，一卷雪夜图缓缓展开，象牙白的流线，淡黑色的水墨，白雪绵延，夜光葳蕤，点两粒朱砂，似含苞红梅。

他最终看进她的眼睛，她看着他，似平定而紧张，似试探却谨慎。

一阵剧痛，他猛地后退一步，水温极高，花洒烫手。他赶紧把水龙头扳回来，弓着腰，有意无意让T恤遮住裤子。

调好了，他把花洒塞回架子上，迅速走开。

北野走到桌边失神了几秒，毫无意识地摸出一根烟点燃。

浴室门没关，水声淅沥。

他深吸一口烟,又缓慢绵长地吐出来,扭头看着亮灯的浴室。良久,走过去,他站到地板的光线上,明暗如一道墙,他始终没迈出。

他背靠在墙上抽烟,听着水声,过一会儿坐到地上去。他低下头,一手搭在屈起的左膝盖上。

汗水顺着鼻梁淌下,他的眉心打成一个结,最后哼出一声。

陈念竖耳听着,似懂非懂,站在花洒下,后知后觉地打了个冷战。

洗干净了,陈念把脏衣服放进洗衣机,四处找洗衣粉,拉开洗手台下的抽屉,意外看见她不该看到的陌生物品。

她怔怔地,关上抽屉,最终找到洗衣粉。

待她套着他的衬衫走出浴室,他正从窗外翻进来,手里拎着一袋烤面包,也不看她,不客气地把纸袋往桌上一扔,嫌弃十足,喂猫喂狗似的。

陈念把面包拿出来吃,见袋子里还有一盒纯牛奶。

她把吸管插进去,喝了一大口。

吃到一半,发现桌子上放着一瓶花露水,不知被谁移到了显眼的位置。

陈念身上被咬了很多包,腿上是重灾区。

她拧开盖子,涂花露水。

电风扇一吹,满屋子清凉的花香。

北野始终坐在窗台上抽烟,背对着屋子。狂风鼓着他的衬衫。

闪电接二连三,不远处传来铃铛响,公路上的铁路栅栏落下,火车轰隆驶过,晚上十点了。

北野回头看,陈念不知什么时候爬到床上去了,面向墙壁侧蜷着身子,清瘦,只占了床的边角。

电风扇鼓起她身上他的白衬衫。他那件修身的衬衫到了她身上,那么宽大,像一件裙子。

风掀起白衣,衬衫下摆撩着她白皙的腿根。她并没有穿内裤。

她白皙的柔嫩的躯体，像一团裹在他衬衣里的奶油，摸上去会化，还黏手。

北野含着烟，冷淡地看着。窗帘在他和她之间飞舞，就是这个地方，这个角度。

曾经，每个黄昏，火车经过的时候。

妈妈带回来的陌生男人会塞给他几块钱，让他去外边玩。妈妈把他赶出屋子，拉下那道卷帘门，他隔绝在外。门尚在往下，尚未阻隔孩子的视线，男人就迫不及待把手伸进女人高耸的胸口。

他玩了一圈回来，卷帘门还不开。于是他从墙外爬进来，在窗户口，看见男人在母亲洁白的身体上耸动。

床板震颤；尖叫，呻吟，脏话，各种声音痛苦抑或快活地和着火车的轰鸣，哐当，哐当。

嘴里的烟快燃到尽头。北野微微低头，张嘴，烟头掉在水泥板上蹦跶几下，灭了。

一声雷响，豆大的雨点打下来。他关了窗子和灯，到床上躺下。

床板往下沉了沉。

一床的花露水味。窗帘外有朦胧的天光。一室静谧，电风扇呼呼转着。

他在黑暗中问她："那句话练了多久？"

她睁开眼睛，又垂下："一晚……上。"

"上次那个男的是谁？"

"警……察。"

"嗯。"

过了一会儿，北野说："明早我送你上学。"

陈念在枕头上摇了一下头，道："明……后天放，假。"

"哦。"

再没别的话了。两人的眼睛各自在黑暗里明亮着。

窗外暴雨如注,像要冲刷掉一些脏污。

陈念太累了,合上眼眸。迷迷糊糊要睡之际,床板动了一下,身后一沉。北野转过身来,抱住了她。

陈念瞬间惊醒,浑身的汗毛竖起来。隔着单薄的衬衫,即使风扇在吹,他的肌肤也是发烫的。

她闭紧眼睛,一动不动。但他也没动,只是从身后搂着她的腰。

两人仿佛在试探,抑或是僵持。

过了不知多久,他松开她,转过身去背对她了。

陈念的身体脱了力,慢慢软下去。

隔几秒,薄毯的一角飞过来,搭在她肚子上。

一条毯子,各盖一角,背对而卧,竟一夜安稳。

风声雨声助人眠。

第二天,又是灿烂艳阳。

这便是雨季。

陈念醒来时,是上午十点。北野人不在,桌上放着鸡蛋和牛奶。

陈念起来吃了早午餐,翻开书本看书。快中午的时候,墙外楼梯上传来脚步声,是北野回来了。

她有些紧张,脑袋扎进书本里。

卷帘门起了又落,少年走进来,也没和她打招呼,自顾自倒水喝。

陈念拿眼角偷偷看地面,看到他移动的牛仔裤,裤脚上有半边鞋印。她便知道他去干什么了。

一时间鼻子就酸了,想感谢,却又不知从何说起。

而他似乎也没什么话和她讲。

狭窄的屋子里装了两个人,气氛却跟死了的一样。

他倒在床上翻漫画,她坐在桌边看书,毫无交流,只有落地扇在两人之间摇着头,风一会儿吹到他这边,一会儿吹去她那边。

　　两人居然就这样相安无事地过了一整天。直到太阳西晒,潮湿的屋子里温度渐渐堆积,越来越高。

　　北野起身,扔下漫画进了洗手间,尿尿,冲厕所,洗手。

　　门开了,他接了盆水,洒在水泥地上,放下盆子,说:"出去吧。"

　　陈念抬头看他,他说:"屋里太热,带你去附近走走。"

　　陈念放下课本跟他出去。

　　傍晚了,外头比屋里凉快。因为雨季到来,树木和废厂房比上次来看时干净许多。

　　废厂区在城市边缘,除了北野家窗户那头的喧哗巷道,三面都是荒草地。

　　正值五月,野草疯长。

　　荒地是被城市遗忘的角落,却生机勃勃,有的草齐腰深,有的开着花儿。

　　夕阳,像一颗摔碎在天上的鸡蛋。

　　他们一前一后走着,仍是无话。后来,他带她去了家小馆子,吃了晚饭往回走,太阳沉下去了,天空中有姹紫嫣红的云。

　　天色一点点变黑,走了一段路回到厂区,路边的树和空房子隐匿在暮色中,萧条,瘆人。

　　依旧无话。

　　她紧跟着他,有些害怕,意识到偌大的废弃地,只有他们两个少年。

　　忽然,前边北野停下来,回头看她,说:"闭上眼睛。"

　　陈念瞅着他看,垂在身侧的手紧张地握了握。

　　他鼻子里哼出一声,说:"叫你闭上眼睛。"

陈念只得闭上，呼吸微乱，有些惶恐。

四周没有任何动静，也没有他的脚步声。仿佛等了一个世纪，终于——

"5、4，"少年说，"3、2、1。"

风吹梧桐。

陈念睁开眼睛，于是看见了魔法。沿街的路灯在一瞬间亮起，橘黄色的灯光点亮世界，每一棵树都微笑，每一个空房子都温柔。

她张开嘴巴仰望，他却冲上来拉住她的手，在路灯点亮的空街道上奔跑：

"还有一分钟。"

陈念不知道一分钟是什么，但她跟着他用力奔跑。

"44、43……"

他在倒计时，她更加努力地奔跑。

"20、19……"

他们跑去小楼，跑去楼顶，背后荒野黑暗如深渊；面前，城市笼罩在晚霞散去的夜色里，即将被夜空吞没。

他拉着她跳上楼顶边缘的水泥墩，奔跑停止，少年们的胸膛像鼓起的风箱，一起数：

"3、2、1。"

魔法开始。

路灯在整座城市的大街小巷次第亮起，如月光乘着粼粼水波，缓缓荡漾开去。

是谁如此温柔谨慎，悄悄点亮了谁心里的灯。

额头胸口的汗被风吹干，起伏的呼吸渐渐平稳。

"走吧。"

少年从水泥墩上跳下，也扶举着她的手臂助她跳下；他松开她，转身走,手指却从她手臂滑到手心,而后扣住她的指尖。

夜风很轻,把谁的心弦撩拨了一下。

亲爱的少年啊!

生活,就像夏天的柑橘树,挂着青皮的果。

苦是一定的,甜也有。

第三天,仍是灿烂艳阳。

上午,北野坐在桌边练习弹吉他,陈念趴在窗台边望着忙碌的巷子。正值早市,很多菜农在路边卖菜。

某个时刻,屋内的旋律停止了。

陈念没动,仍趴着,不一会儿,视线里出现北野的鞋子,陈念仰起脑袋望,他跳上了窗台,说:"出去走走。"

她准备撑着窗台爬上去,北野俯身把手递到她面前,陈念顿了一秒,把手交过去。

他稍稍一提,把她拎到窗台上,还不忘嘲讽一声:"瘦得跟猴儿似的。"

陈念:"……"

北野一跳,降落在水泥板上,回头朝她伸手。水泥板不宽,陈念脚微颤,缓缓蹲下身,握住他的手,在他的托举下,安全滑落到水泥板。

两人贴着墙横着走过狭窄的水泥板,走下消防楼梯,到了院墙上。

墙角下蹲着一个卖新鲜苞谷的菜农,掰掉的苞谷叶子在一旁堆成小山。

北野纵身一跃,轻松下了院墙。

陈念还杵在上边,茫然望着,左挪右挪,想找个较安稳的位置。

北野朝她伸出手臂,示意往他怀里跳;陈念抿紧嘴巴,极轻地摇了一下头,表示不用帮忙。

北野哼一声，收回手，等着看笑话似的望着蓝天下她的白裙子；他眯着眼看了一会儿，忽然就奇怪地勾了一下唇角，别提多坏了。

陈念后知后觉，脸发烫，小心地捂了一下裙子。

于是看不到了。

北野说："再不下来，我走了。"

他作势要转身离开，唬她："你就站在墙上等我。"

陈念哪肯，赶紧捂着裙子蹲下，降低重心："别……"

北野见她急了，心里才有些舒坦，他"勉为其难"地朝她伸手，说："我接着你，不会摔。"

陈念下狠心跳下去，撞进少年怀里。他把她稳当接住，落在蓬松的苞谷叶堆上。

早市上，附近的农民都拿自家种养的果蔬家禽来市里卖。

路遇非常新鲜的黄瓜，北野买一根，在路边水龙头下洗干净了掰两段，一段给自己，一段递给陈念。

陈念接过来，跟在他身后咬黄瓜。

走着走着，看见一群小黄鸭子，毛茸茸一小团，密密麻麻挤在不算大的纸盒里，你挤我，我啄你。

陈念多看了几眼，北野瞧见，问："想要吗？"

陈念轻轻点一下头。

北野蹲到盒子边，目光扫一圈，揪出一只小鸭子，翻转过来看看它的屁股，小鸭子两只蹼在半空中踢腾。

他放回去，又抓起一只看。

陈念将信将疑地看着他。他选了第二只，推到陈念脚边，又把第一次选的那只揪出来，也送到陈念脚边。两只小鸭呆头呆脑地仰望陈念。

陈念蹲下来摸它们的脑袋。

北野付了钱,说:"走吧。"

两只小鸭子扑腾着小翅膀小短腿,摇摇晃晃跟着陈念跑。

他们没有原路返回,而是从厂区大门走。大院里空荡荡没有人,陈念跟着北野,两只小鸭子跟着她。

到了家里,它们还围着陈念脚边转,陈念上厕所,还要跟着跑进去。北野抬脚把两只鸭拦在门口,斥它们一身黄毛果然不正经。

这倒好,鸭子转头认他,他走哪儿它们跟到哪儿,北野不耐烦,把它们揪起来扔进鞋盒。

电话响了,北野接起,走到一边。

"×,你他妈的管不住腿是吗?"

"老子说过叫你别干了!"

"再有下一次你他妈……"北野听见浴室开门的声音,从窗户跳了出去。

过会儿他回来了,脸色不太好,对陈念说:"我出去一下。"

陈念盯着他看。那是她特有的眼神,干净,清淡,总是没什么情绪,却像一只会牢牢抓人的婴儿的手。

北野神色微变,莫名低了声音,说:"朋友有事。"加一句,"一起长大的朋友。"

陈念还是看着他,又点了一下头,转身去跟鸭子玩。

北野眼睛追着她看了一会儿,走到桌边,从抽屉里拿出一把钥匙给她:"卷帘门的。"

陈念说:"我又……用不着。"

北野说:"万一你想出去走走。"

陈念说:"我不想……出去。"

"……"北野默了默,还是把钥匙给她,"拉门的时候注意,别伤了手。拿着。"

陈念伸手接,他又收回去,在柜子里翻出一根红色的毛线绳,把钥匙穿起来,挂在她脖子上。

陈念任他给她戴上,低头看一看,也没说什么,拿了个小碗给鸭子装水喝。

北野走几步又回来,从旧沙发缝儿里把遥控器翻出来,说:"没事做就看电视。"摁几下,没反应,似乎是电池没电了。

他掀开遥控器屁股后的盖子,用力摁了几下电池。

陈念仰头看他,说:"我有……书。"她指指自己的书包。

北野顿了顿,说:"哦,看书。"低下头还是把那两节电池拆了下来,盖子摁回去。

他从卷帘门底下钻出去,把门拉上时,陈念仍蹲在地上玩小鸭子,也没和他告别。

他快步跑过走廊,下了楼。头一次,人还没离开,就想回去了。

帮朋友收拾了一堆破事儿。

北野骑摩托车回来时,已近黄昏。老远就看见树下白色的影子。他忽然有些想笑,却没有笑,加速冲过去刹了车。

陈念在树影下扫地,所过之处,留下一条条笤帚的纹路。北野见了,心里头有丝说不清的情绪,好似扫帚的细纹划在心上。

他从车上下来,说:"这些叶子你管它做什么?"

陈念说:"扫了,看着干……净。"

走上楼,发现楼梯也扫了。到走廊上,煤灰、纸屑清理得干干净净,自行车、鸿运扇等废旧用品也摆放整齐。

北野说:"又不是让你来做清洁工的。"

陈念跟在他身后,没应答。

北野声音又低下去，认真问："很无聊，没事做吗？"

陈念摇头："看书了。这算……中途，休息。"

"呵，休息。"北野淡嘲，走进屋，却看见她的书本展开放在桌上，风吹过翻动一页。一瞬间，心也轻得像那页纸。

他转身，扔一包东西给她，她慌忙接住，是一包甜话梅。出去一趟，必给她带零食。

陈念把话梅放进书包里。

他揪着衣领抖动扇风，从冰箱里拿出瓶啤酒，往桌沿上一磕，瓶盖开了，掉落在他手心，抛进垃圾篓。少年仰头往嘴里灌啤酒，咕噜咕噜，喉结上下滚动。

陈念愣愣看着。他低下头，逮到她在看他，眼里闪过一丝奇异的色彩。她别过脸去。

"晚饭想吃什么？"

陈念拿手顺了顺裙子，坐下，说："都……行。"

她低头要继续看书，教科书被北野抽走。她抬头看他，他说："好好说话。"

陈念不晓得怎么了，眼神困惑而迷茫。

北野起身，从柜子底下翻出一本书，拍拍上边的灰尘，摊开了递到她面前，说："读书。"

陈念耷拉下眼皮，是小学语文课本。

北野翻着书页，很快挑选出一篇课文，手指在汉字上，敲了敲："下雪啦。"等了几秒，侧眸看她，"看我干什么？看书。"

陈念于是看书。

北野："念。"

陈念："……"

小学课本上画着各种小动物，每个汉字上边都有拼音，幼稚极了。

北野说："下雪啦。"

陈念说："下……雪啦。"

"下雪啦。"他重复一遍，声音如大提琴，低沉朦胧。

"……下雪啦。"

"雪地里。"

"……雪地里。"陈念无意识地用力点了一下头，勉强把话说出口。

"来了。"

"来了。"

"一群小画家。"

"……一群小画家。"

北野："雪地里来了一群小画家。"

陈念："……"

"别紧张，在心里说几遍，再慢慢说出来。"北野说。

陈念垂眸，按他说的在心里念了几遍，才极缓慢说："雪地里来了一群小画家。"

她说完，小心而隐悦地抬眸看他；他虽低着头，也正看着她，眼皮上抬出两道深褶，目光从眉骨下射过来，极淡地笑一笑，低下眸继续看书了。

夕阳在脸颊上轻轻一触，心就跳乱了节奏。

"小鸡画竹叶。"

"小鸡画……竹叶。"陈念未可知地磕巴了，自觉地垂下头。

女孩的心思像一个湖泊，而他的声音是湖上的泡沫。

"小鸡画竹叶。"北野重新念，嗓音低沉。

陈念收了心，轻缓说："小鸡画竹叶。"

"小狗画梅花。"

"小狗画梅花。"

"小鸭画枫叶,小马画月牙。

不用颜料不用笔,

几步就成一幅画。

青蛙为什么没参加?

他在洞里睡着啦……"

窗外的天空色彩缤纷,不知不觉,太阳就下山了。

烤面包香味飘进来。

一切都成了金色。

早晨,纷繁的人声从窗外传来,北野在闷热潮湿的空气里睁开眼睛,他缓慢地回身看,床上空空如也。

北野一下子坐起来,屋内景象一眼收纳,陈念不在。

北野跳下床,盒子还在,两只鸭子却不见了。

卷帘门从里边锁着,北野从窗户跳出去,站到院墙上望一眼巷子。陈念不会自己跳下去,何况带着两只鸭子呢。

天空中传来缥缈的读书声。

北野回头望一眼,沿着消防楼梯上到楼顶,那声音也越来越清晰,语调四平八稳,声音天生轻柔。

"一只乌鸦口渴了,到处找水喝。……乌鸦看见一个瓶子,瓶子里有水。……可是瓶子很……高,"她停下来,琢磨了好一会儿,又继续,"瓶口又小,里边的水不多,……它喝不着。怎么办呢?……"

她捧了本书坐在楼沿边,脚荡在空中,因低着头,一缕碎发掉下来,她捋了捋,过会儿又掉下来。

北野过去坐到她身旁。

陈念把书合上，放到一边。

两人肩并肩坐在早晨的楼顶上，脚下人群忙碌，楼房高低错落，远处一条铁轨，杂草随着铁路线消失在天边。

陈念说："我找书的时候……看到这个。"

是一本黑色封皮的《圣经》。

陈念看着他，眼睛问话；北野却偏作不知："想问什么？"

她没办法，只得用言语说出来："……你看过？"

"没。"北野手撑在背后的地面上，望天，"我妈买的。"

陈念"哦"一声，点点头。

隔了几秒，他冷笑："拿来当道具扮演修女。"

陈念似懂非懂，蹙眉看他，但他看着远方，晨风吹起他额前的碎发，露出饱满光洁的额头。她从他的眼里看出，他想离开，去远方。

火车笛声破风而来，陈念眺望。铁皮车载着无数人驶向远方。一个多月后，那里边也会有她的身影。

两个少年远望着。

金色的烤面包香味又飘来了，两个少年饥肠辘辘。

北野突然站起来，说："去流浪吧。"

逃跑吧！

男孩和女孩很快达成一致，决定离家出走。

为期一天。

他们带着吉他和鸭子，心怀与平时不一样的期待和紧张，从院墙上跳下去；他们买了新鲜的烤面包，当干粮；他们穿过熙熙攘攘的集市，菜篮子，小山羊，老头子，乞丐……都让他们新奇，让他们入迷。

一天，他们能走多远？

他们心跳加速，沿着巷道一路走到火车公路交叉站口，自此远离城市，沿着铁轨往远方走。

走到江边,两个少年停下来坐在岸边,吃面包补充能量,看着货船客船穿梭而过,船上的锅炉房冒出一股股白烟。

休息够了,他们继续走。

过了三水桥,铁轨在杂草丛生的大地上蔓延。

一整天,他们似乎走了天涯之远。陈念却一点儿都不觉得累。

学校,家,一切悄然离去,它们对她施加的影响减弱了,消失了。

她自由了。

她和他并肩走在铁轨上,摇摇晃晃保持平衡。

脚底的铁轨传来震颤,北野说:"火车来了。"两人从铁轨上跳下去,鸣笛声由远及近,他们走在杂草高过人的这边。

而另一边是向日葵花田,陈念望着,说:"那边好看。"

"那就过去。"北野说着,走上枕木。火车飞速驶来,百米开外。少年穿过铁轨,踩着枕木飞跃到向日葵的那一边,回头冲她招手:"来啊。"

陈念心一紧,身子往前晃了晃,扭头看,迅速扩大的火车头像一只巨大的机械昆虫。

七十米,五十米,火车声响震耳欲聋,陈念的心剧烈搏动,她往前迈了一步,第二步如千钧重。

身体跃跃欲试,精神高度紧张,她的心要冲过去!

三十米,十米……

嗖!……

向日葵和少年被红色的怪物吞噬,火车横亘在两人之间。

陈念最终没跳出那一步。

强风与气流像要把她的脸扯掉,把她的躯壳和灵魂撕开。她的白裙子在风中拉成一面旗帜。

火车疾驰而过，少年重新出现在那片向日葵花田中，安静地看着她。

四目相对，天地寂然，一趟看不见的火车永远停在那里。

五月，花开草长，云淡风轻，陈念站在平静下来的铁轨这边，逃跑的刺激潮退下去，心里突然涌起一阵绵长的悲伤。

## Chapter 5　污浊、谎言、残酷

陈念锁好自家的门,才走到楼梯口就看见等候着的北野。

夜里的雨水把庭院清洗得很干净,耳环花开了,紫红色一大片好热闹。他弯腰在一旁精挑细选。她的脚步声都没引起他注意。

陈念下楼到他身边,他已摘下两朵,拉成长长的细丝耳环,粉紫色的花瓣是吊坠,浅绿色的花萼塞进她两边耳朵里,说:"好看。"

陈念:"……"

她摸摸耳朵,有点儿痒,也没摘下来。

戴头盔时也分外小心。

北野载着她,在离学校还有一条街的地方停下。

"就到这儿。"北野说。

"好啊。"陈念轻声答。

知道他不想同学们看见了议论她。

她下车,把头盔还给他,他把买的面包和零食递过来,交代:"要全部吃掉。"

"好。"她声音轻轻的。

她往纸袋里看，闻了闻，他解释："换了种口味，红豆的。——嗯，你喜欢红豆吗？"

"喜欢的。"陈念点点头。

"哦，这个。"北野从兜里摸出一个发卡，很简单的款式，浅绿色。

陈念接过来，微微愣神。

"你……"他指了指她的头发，手指在额头边比画着，"低头时总掉下来。"

"谢谢你。"她脸热地低下头，道谢也是轻轻的。

他转过头去，极淡地弯了一下嘴角，陈念抬头时正好发现，看着他。

"看什么？"

"你为什……么笑？"

"小结巴，听你说每一句话，我都可以笑。"他说。

他说的笑不是上次她说过的笑。

她红着耳朵又垂下头，看见自己脖子上还挂着那枚钥匙，像小学的孩子。那把钥匙她至今没用过。但她想一直戴着，他也想她一直戴着。

北野也看着，心像被穿钥匙的细线缠绕，他抚摸那把钥匙半晌，说："去吧。"

陈念走了几步回头看，北野插着兜跟在她后边，隔着五六米的距离，表情平定，眼里有股叫人安心的力量。

陈念深吸一口气，往学校走，知道他一直在她身后。

离学校还有几十米时，陈念看见了魏莱，她靠在院墙上边抽烟，周围还有几个混混模样的女生，衣着打扮比没退学时更嚣张。

她见了陈念，嘴一勾，就走过来。

但尚未靠近，目光看到陈念身后，像是被震慑，人停下了。

陈念知道有人教训过她们，她平静地从她们身边经过，周全地进了

083

校门，回头看，北野仍在她身后不远处。

陈念抿紧嘴唇，走了。不久，又忍不住再次回头，这次，北野不在了。

陈念回到教室，心里安定极了。拿出课本背文言文，直到下早自习，小米才发现异样："念，你耳朵上戴的什么呀？"

陈念一愣，赶紧把耳环花取下来。

小米凑过来："耳环花呀，真好看。小时候总戴，好久不这么玩了。你还真是童心未泯。"

小米戴着玩了一会儿，没兴趣了，还给她。

陈念从课桌里拿出最厚的《牛津英汉双解词典》，把花瓣梳理好了，夹在词典里。

她把词典藏回去，像藏一个秘密。

刚放好，手机响了。陈念忘了静音，赶紧掏出来，是郑易。陈念看小米一眼，小米点头示意给她放风。

陈念弯腰到桌下接电话："喂？"

"陈念，"郑易说，"我这两天太忙，你还好吗？"

"挺好的。"陈念低声说。

"今天去上学没遇到不好的事吧？"

"没有。"

"那挺好。最近有重案，不能去看你。如果遇到什么麻烦，给我打电话。我第一时间过来。"

"好的。"

陈念从桌下钻出来，肚子有点饿。从书包里拿出纸袋，竟有四个面包，她哪里吃得完，给了小米两个。

"正好没吃早餐。"小米张嘴大咬一口，呼，"好好吃，哪儿买的？"

陈念没答，心想，刚烤出来的更好吃呢。

上课铃响,陈念翻书包时摸到那袋话梅,心里一动,偷偷塞了一粒在嘴里。

转眼却见班主任走进教室,陈念神经一紧,好在老师并没注意她。老师寻常交代,说临近联考,上下学要注意安全。

同学们当例行公事,没人在意。但课间有人说,别校有女生被侵犯,传言绘声绘色,说是夜里穿着雨衣的人。有人心有余悸,有人不挂心上。

上午做课间操,伸展运动,旁边的曾好打到了陈念的手。

陈念看她一眼。

"陈念,对不起。"

陈念弯着腰,没说话。

"陈念,真的对不起。"曾好稍稍哽咽。

陈念侧过身体,说:"我们……都一样。我也没说出,实情。一开始。"

"但你后来还是告诉我了。"曾好又难过又恨,眼里含泪,"魏莱她们骂我打我,又踢又踹,你以为我爸妈不心疼吗?那天回家我爸妈都哭了。可有什么办法?

"我妈说,魏莱那种坏学生是管不住的。没人能束缚她们,马上要联考了,我得安心学习,不能一天到晚被她们缠着,如果她们还来报复怎么办?我的未来就毁了。她们没什么可损失的,但我玩不起啊。"

陈念"嗯"一声。

"对不起,前段时间班上同学欺负你,我也不能做什么。"

"你原本,就做不了什么。"陈念淡淡地说。

这话并不能让曾好好受,她又问:"你现在还好吗?"

陈念想了想,说:"挺好的。"

"魏莱有去找你吗?"

"……"陈念望一眼天空,说,"有人……保护我了。"

放学后，陈念走到校门口，不用再在门房等待，远远就看见站在街对面的北野。

隔着清一色的学生们，眼神对上，轻触一下便交错开。

像对了一个暗号。

他拔脚从路对面走来，逆着人群。

陈念往家的方向走，到校园墙角边的转弯时，余光往身后一瞥，少年在五六米开外，插着兜，表情平定。

于是觉得安稳。

夏天的路，绿树成荫，繁花似锦。

一天又一天，他保持着这样的距离，护送她放学；到了她家门口或者他家屋顶，两人坐在台阶上读一段小学课文练习说话。

第二天，他又在晨曦时分去送她，带一袋新烤的面包和薯片饼干糖果之类的零食，然后无声地尾随。

那次假期后，学习忙碌，他们很少有机会说话，除了念课本矫正，相对时也无言。

有时，她看见他手臂上脖子上遮不住的伤，知道他又打架了，她不会问他近况如何。

有时，他听见路上学生议论考试题，知道又有模拟考了，他也不问她成绩怎样。

那是无关他/她的陌生地带。

直到有一天放学，陈念走过校园院墙拐角时，习惯性地回头看北野，却看见李想朝她跑来。

"陈念！"

"嗯。"陈念看了身后的北野一眼，转过身去，和李想一起并肩往前走。

"你……家不……在这边。"

"哦,今天我姑妈生日,我去她家吃晚饭。"李想笑起来永远那么爽朗,"陈念,你这次模拟考比上次考得好啊。"

"这次题目……简单。"陈念说。

实际上她名次下滑了。很难说魏莱和班上同学的干扰没对她造成影响。

比起这个,陈念更在意此刻身后的那道目光。她怀疑自己脑袋后边长了眼睛,仿佛能看到北野冷漠的神情。

李想揉揉脑袋,心知肚明,原本想给她打气,但此刻她心不在焉,看来不该提成绩。

他赶紧从包里拿出一摞试卷:"给你。"

陈念不解地看他。

"省重点的模拟卷和复习资料。"

"谢谢。"陈念接过来。

"最后一个月,加油啊。"李想鼓励道,"别忘了,咱们可约好了北京见的。"

陈念默不吭声,觉得后背蹿起一阵寒意。

到岔路口,李想与她告别。这条路没有同校学生了,北野走上前,到停着摩托车的路边,把头盔拿出来戴上。

陈念站在一旁看了他一会儿,他并不招呼她。她把试卷装进书包,自己走过去,自己拿了头盔戴好。

他不看她,跨上摩托车,背脊上写着"沉默"二字。

她扶住他的肩膀,跟着跨上去,坐在他身后,像往常的无数个清晨和傍晚。

北野发动摩托车,瞬间冲进黄昏里。

不是回家的方向。今早北野和她说过,星海公园音乐广场上有摇滚音乐会，问她去不去。她说好。

北野把车停在公园外，和她步行进去。公园里挤满了年轻人，两人像两条平行线，无数人穿梭而过，居然也没挤散。

经过一个卖热狗的小摊，北野买了两个，塞一个给陈念，外加一瓶冰红茶，动作粗暴，看也不看她。

陈念看他后脑勺一眼，不说什么，跟在他身后边走边吃。

广场上人越聚越多，舞台上工作人员在调音响。

他不说话，她也不是傻瓜；知道他生气，她也内疚啊。

想打破尴尬，于是想了好几遍组织语言，终于主动问："你不去吗？"

北野低头看她。少年的眼睛像他身后渐黑的天空，深不可测。她心头一跳，别过目光去，小声说："你的，吉他。"

"闹着玩儿的。"他淡漠地说，重新看向舞台。

言下之意，上不去台面。

陈念小声夸他："我上次，听，感觉很好啊。——好好听。"

北野侧脸冷淡，但她看不见的另一边脸上，唇角勾了勾。

陈念见他无动于衷，少年难哄啊；琢磨着想再使把劲儿，说："什么时候又弹给我听啊？"

刚要开口，一声巨大的鼓响，音乐会开始了。

现场气氛被点燃，年轻的人们举起手在空中挥舞，他们尖声呼叫，身体跟着台上的人摇晃，扭摆，从头顶到脚尖，像一台台永动机。

音乐震耳欲聋，要把天上的星子摇下来。

陈念一个字也听不清，台上的人扯着嗓子像狼嚎，像鬼哭，是她欣赏不来的躁动。分贝震动她的胸腔，她被挤来挤去，身不由己。一转眼，北野不见了。

陈念赶紧找。

一首歌过去，两首歌过去，她已不知身在何处。

香水，异味，她在陌生的人群里挤来挤去，一身热汗。

她找不到他了。

已经不知道唱了几首歌。

她渐渐惊慌。

吉他手在台上嘶喊："我闯入你的生活，却走不进去你的心；我……"

歌声戛然而止，架子鼓还在打，配乐还在，话筒却被人抢走："喂！"

一个音符，是陈念熟悉的声音。

她猛地望去，隔着人山人海，舞台光亮如一个白洞。

"小结巴，"北野声音低低的，透过麦克风，不真实地在广场上空回荡，"到舞台这边来。"

大屏幕上，他漆黑的眼睛盯着她，又说了一遍："小结巴，到舞台这边来。"

疯狂摇摆的听众全停下，像集体被解除魔法。

台上的人把话筒抢回来，推搡了北野一把，他推回去，年轻人气盛，打了起来。有人去劝架，被乐队误伤。

看啊，打架了，多热闹啊！更多的人热血沸腾，跃上台掺和。

陈念跳起来，朝舞台方向飞奔。

人群密集像栽满秧苗的稻田。

她用力拨开他们，推走他们，挤开他们，撞开他们，她朝舞台方向飞奔。一往无前，如同奔跑在宽广的草原上。

电闪雷鸣如期而至，台上打架的人越来越多。陈念跑向舞台，盲目地喊："北野！"

她尖叫："北野！"

突然，她看见他了，他也看到了她。

青白的闪电下,无数年轻人往台上拥,如江里挣扎的鱼。

陈念朝人少的角落跑,台上的北野也朝那个方向跑,到舞台尽头,他们同时朝对方伸出手。空中,两只手紧紧握在一起。

北野从台上跳下来,拉着她冲进夜幕。

两个少年跑到公园门口,迅速戴好头盔,坐上车,摩托车疾驰而去。

深夜的街道空无一人,路灯昏黄。警车逆向而来,赶去公园。红色蓝色的警车灯光划过少年们的头盔。

陈念在晚风中战栗,眼睛兴奋地圆瞪。狂风像一双湿润的手,紧紧捂住她的口鼻。

速度,刺激,是他们这个年纪期待、惶惑、拼命追求,却无福消受的。

她抱着他的腰,穿过夜色中的霓虹光影。

冲至他家的大树下,急刹车;风声,轮胎摩擦声,回归沉寂。

黑夜中,她紧贴着他的后背,像两只蜷缩的虾米。

他没有动,任她拥抱着;

她没有动,始终不松手。

疯狂刺激后的颓废与空茫渐渐将少年们裹挟。

摇滚歌手的旋律飘过来:我闯入你的生活,却走不进去你的心。

这歌词并不悲伤,你知道,有些人,只能走进你的心,却无法走进你的生活。


"我想和你虚度时光,比如低头看鱼

比如把茶杯留在桌子上,离开

浪费它们好看的阴影

我还想连落日一起浪费,比如散步

一直消磨到星光满天

我还要浪费风起的时候

坐在走廊发呆,直到你眼中乌云

全部被吹到窗外

我已经虚度了世界……"

陈念坐在屋顶的晨曦里,轻声念本子上的诗歌;北野在她身旁,低头弹吉他。

清风吹过屋顶,纸页和少年的头发飞扬。

陈念念完了,扭头看北野。他也弹完一串和弦,目光从眼角斜过来,瞧她半刻,说:"有进步。"头又低下去,手指在吉他上轻敲几下,开始另一串和弦。

不太熟练,断续而反复。

少年们都在练习。

巷子里各色早餐香味传来,全是城里最有特色的小吃:蒸糕,炸糍粑,煎豆皮,红薯饼。

陈念说:"原来,曦岛还有,这个地方。小米说,那个红豆面包,是她吃过,最好的。"

北野看她一眼。

陈念解释:"小米是,我同桌。"

北野问:"你们以后还会是朋友?"

陈念点头:"会。"

"为什么确定?毕业后,大家各奔东西。"

"小米也会,去北京,我们约好的。"

北野没接话了。

陈念忽然意识到什么,低下头。头低下去,念头却冒出来;压抑不住,涌到嘴边,她想说什么,却吓一跳,把那句话咽了下去。

她重启话题,问:"这里是,你家吗?"

"不是。"北野说,"我不是曦岛人,小时候跟着我妈过来,被她丢在福利院。"

陈念不知如何接话。

"你呢,本地人?"

"嗯。但妈妈去了温州,打工。"

北野没说话,弹着不成调的曲子。

陈念轻荡双脚,望见那条铁轨,想起那次出走,胸口渐渐涌上一阵不安分的冲动。

"北野?"

"嗯?"

她双手撑在楼沿,俯瞰楼下,像要掉下去,又猛抬头,说:"要等不及。"

"等不及什么?"

"离开这里,离开家乡。……时间再,快一点,就好了。"

"为什么想走?"

"走得远,就能长大了。"

"为什么想长大?"

"不想做,弱者。幼小的,都是弱者。"陈念说,"长大了,就能自己保护自己。"

和弦中断一秒,北野侧头看她,鬓发滑落在他干净的侧脸:"有人会保护你。"

"没有。"陈念摇头,"危险是无处不在的;恐惧是不可……被保护的。"

只有自己。

少年们盼望长大的心,急切,不安,颤抖,像弯弓上一支要离弦却被手掌死死拖住的箭。

陈念执着地望着远方,北野以同样的眼神望她。

最终他说:"你会去更好的地方。你会长大成更好的你。"

"你呢?"她扭头。

"我去哪儿都一样。"他笑了笑,有些寂寞。

"你想……离开家乡吗?"

"你说离开这里?"指尖的音符继续跳跃。

"嗯。"

"想。"

"什么时候?"

"很快。"他说。

陈念微微笑了,很快。

"我也将待不下去。"北野说。陈念来不及揣摩这句话里的意思,他又平淡地说:"我讨厌这里的每一个人。"

陈念想起他母亲和父亲,想起同龄人对他的嘲笑和羞辱。她轻声说:"我也……不喜欢他们。"

她这么说了。

仿佛这样,他们就是一样的,就站在同一条战线上;仿佛楼顶上的两个少年并肩面对一个对立的世界。

北野听言,沉默。

我讨厌这座城市。

还好没有太早遇见你,不然我会爱上这座城市的每一个人。

那真是要我的命。

手指在吉他弦上滑一遭,少年缓缓唱起了歌。

"那片笑声让我想起,我的那些花儿,在我生命每个角落,静静为我开着。

"我曾以为我会永远,守在她身旁,今天我们已经离去,在人海茫茫。"

并肩同坐的日子,只是暂时。谁都清楚,分别在即。

陈念仰起头吹风,天空是淡淡的蓝。

"呜——"养鸽人吹起哨子,成群的白鸽从头顶飞过。

火车汽笛响起时,少年们站起身,沿着消防楼梯下去。陈念没注意,脚步踩空,要摔下去,北野俯身一拉,把她捞起来,说:"小心啊。"

在她耳边,低低的嗓音一如听了一个清晨的和弦。

陈念红了脸,揪着他的手臂。

他没有松开她,稍低下头,轻吻她的耳垂。陈念战栗,闭上眼睛。他的吻,他的鼻息,像小蜜蜂似的往她耳朵里钻,哆嗦,刺激。

被他吻过,整张脸都在烧。

她快乐,欣喜,又害怕,难过。

北野把她载到学校附近,跟在她身后走,目送她走进学校。她和以往一样,回头看他。

彼此的眼里都有了心事。

是星期六,陈念的学校要上课,北野一整天无事可做,也没了心情找朋友们玩。

房间被陈念收拾得很干净,躺在床上也有她的气味。

联考的时间越来越近,她也要走了,可他都习惯她了,怎么办?

有股难言的烦躁,从楼顶弥漫下来。

他皱眉,翻身下床,坐到桌边翻开《圣经》。陈念练习读书时翻过很多遍,他随意看看,那纸极薄,合上书时,竟不小心撕下一页。

马太福音。

北野把它夹回去。余光发现异样——纸盒里的小鸭死了，不知何时被老鼠吃掉内脏。

他把鸭子连纸盒一起处理掉，心情复杂，想着明早再去买两只，陈念应该不会发现。

下午不经意睡去，过了头。快黄昏，北野边匆忙套上衣服，边给陈念发条短信，忽听门外窸窣声。他放下手机过去掀起卷帘门，撞上女人漂亮而浓妆的眼睛。

是母亲。

他的脸冷漠下去。

女人也愣了愣，没料到这个时候他在。

"我来拿点儿东西。"她微笑。

北野侧身让开。

她进屋把柜里自己的衣物收出来放进箱子，走去浴室洗手意外看见女孩的裙子和内衣裤。她拉着箱子出来，笑问："有女朋友了？"

北野没回答，望着一旁茂密的桑树。

"你小子倒是长得和你爸一样招桃花。"她伸手去捏他的脸，手被少年无情打开。

"一样的倔脾气。"

北野早已寒了脸。

女人知道他最反感她提他父亲，不说了，走几步，想了想，从包里拿出几张钱："喏，拿着。"

"不要。"

女人的手在空中晾半天，见他不接，也不强迫，塞回包里，忽问："你伯父偷偷给你打钱了吧？"

北野不回答。

"我是你监护人,他要打也该……"她看见他眼里更深的冷意,闭了嘴,走了。

北野把卷帘门拉下,狠狠踩一脚关上,锁了门。

厂区空旷,远处,女人打电话的声音传来:"……呵呵,嫌我脏?你侄儿从哪里冒出来的?……"

北野没理会,以后他去北京闯荡,也不会同她讲。

他快步下楼,戴好头盔,发动摩托车疾驰而去。

…………

陈念坐在台阶上,短信只有两个字:"迟了。"她把手机收回去,托腮等他。

"你在这儿干吗,不回家啊?"

陈念抬头,是徐渺。她来上学了,人规矩了,此刻看着陈念,表情不自在,咕哝一声:"之前对不起。"人就跑上了她爸爸的车,这些天她父母把她看管得很严。

太阳西下,陈念坐在原地,北野还没来。

出校门的学生渐渐少了,路人议论:"那边车祸好吓人,现在骑摩托车的人真……"

陈念一愣,冲下楼梯去:"不好,意思,我想问下,车祸?"

"兰西路和学府路那边,一个骑摩托车的,年纪应该是学生吧。"

"颜色?"陈念急道,"车,颜色。"

"好像是红黑色。"

陈念冷汗直冒,立刻掏出手机打给北野。盛满夕阳的狭窄小屋里,手机在桌面的《圣经》封皮上振动。

她飞奔过去。

经过一家花店,店员倒水时她正冲过,来不及收手,脏水泼她一身。

店员慌忙道歉，她头也不回跑开。

跑到交叉口，她汗湿成了水人。路口果然有车祸，她急匆匆拨开人群挤进去，一片惨状。然而，车不是那辆车，人也不是那个人。

陈念又费力地挤出来，心想万幸。

热汗如蒸，她得再回学校门口等他。

快步走了一段，听见身后摩托车响，她回头便看见了北野，正快速朝这方向过来。陈念要迎去路边，身后突然一股猛力，她被捂住嘴拖拽去昏暗的小巷。

摩托车疾驰而过。

北野在一条街外停了车，冲到学校，零星几个学生走出校门，台阶上没有陈念。

他蹙眉，摸裤兜，那个女人的出现让他忘了手机。他记得号码，到小卖部找公用电话打，没人接。

他咬着嘴唇想了想，不顾门卫的阻拦风一样冲进校区，直奔教室，陈念班上的值日生在打扫清洁，没有陈念。

门卫在身后追，少年冲出学校。

再次到小卖部打电话，这次关机。

少年放电话的手，一抖再抖。

他黑着脸，大步走到门房，问："那个总是习惯坐在校门口的女学生呢？"

门卫追他追得要断气，正在气头上："你哪个学校的，擅自闯……"

"我问你话！"北野猛然一吼。

门卫吓一大跳，瞪着眼，愣愣往那个方向指："不久前急匆匆跑回……"

北野冲下楼梯。

太阳下山了。

魏莱她们七八个人抓着陈念的头发，把她扯到巷子深处，辱骂，掌掴，踢打，把她的脸摁在地里。

这群少年疯了般对她发泄所有的不满，不满她的口吃，她的漂亮，她的安静，她的好成绩；不满她的揭发，她的不被震慑。

或许有更多的不满，不满老师的教训，父母的责骂，不满她们自己无聊枯燥的现在，不满她们迷茫无望的未来。

少年们的发泄永无止境，她们把她抓起来撕她的衣服。陈念竭力挣扎，揪着校服领口不松手。可寡不敌众。她们用脏话辱骂她，打她的脸，扇她的脑袋，踢她的腿间。

路边有人走过，她们也肆无忌惮。

没有任何让这群少年畏惧的事物。

肩膀露出来，陈念护着衣服喊"救命""救救我"。路人不看，匆匆走开。

她仿佛看见胡小蝶，在远方无动于衷。

她的裙子被撕成碎片，散落一地的教科书上踩满脚印，纸页上达尔文的脸碎在泥里。

街区之外，那个叫北野的少年竭力奔跑在路上，穿过青春里无数谎言与残酷的日子。

还在幻想，不要慌，他说，没关系，他一定会找到她。

她们哈哈大笑，扯着她脖子上的钥匙绳子，拖着她白花花的身体叫嚣辱骂。

"贱人婊子，免费来看呀！"

她不是和她们同龄的女孩，不是一个人，是一头牲畜；曝光在路过男孩们的目光中，供他们品论调笑，观赏戏弄，拍照录像。

她们疯了一般撕扯她的衣服，她蜷成一团，守住最后一块遮羞布。挣扎中，她仿佛看见曾朗读的书，她泪如雨下，呜咽：

"我们在天上的父，

愿你的名为圣，愿你的国降临。

愿你的旨意行在大地，如同行在天上。"

"刺啦"，她们把她剥得精光。

身体本能地蜷缩，她们把她掰开，她抵抗。她们骂她，打她，踩她的手指。

她哭喊："请饶恕我的罪；如我饶恕他人对我犯下的罪。"

她们大笑："贱人白看啦！"

"请免我无法承受的苦难考验；请救我脱离凶险……"

奉以爱之名。阿门。

然而，有没有一种可能，这世上是没有爱的。

## Chapter 6 　　小结巴，我在这里

天黑了。

北野沿着街边店铺一家家问，找到了那条巷子。

夜漆黑，陈念的书包、教科书、铅笔盒、手机、裙子、红线，散落在泥地。他把她的东西捡起来，线缠在手上。

阴冷的穿堂风吹过，树影婆娑，夜雨将至的前兆。

一道闪电扯破天空，北野脸色煞白。他往巷子深处走，狂风卷着一件白色的东西到他脚边，他在家里卫生间的架子上见过。

那一小块布料在他脚下短暂停留，刮到垃圾堆里去了。

北野最终在灌木丛里找到陈念，白色的身体在地上蜷成一团，数不清的伤痕血迹，像一颗掉在泥里的布满红血丝的眼球。

北野跪下，脱了衬衫披在她身上，她颤颤地一缩，气息奄奄。

"是我……"他靠近，拨开她脸上的发丝。她呆滞地看着他，一秒，两秒，坚持的什么在一刻间断掉，昏死过去。

他把她裹好抱起。

小巷空寂无人，天空划过道道闪电。

时间到。暴雨骤降。

摩托车在雨幕中疾驰。人车湿透,像行驶在闭塞的水底。

大雨瓢泼,怀里的女孩如同死了一样,身体似麻袋般不断往车下滑落,北野一次次停车,搂着她把她往上拉。

他用绳子将她绑在自己身上。

他抱紧她,喃喃自语,不知给谁催眠:"不要紧,没关系的。会好起来的。相信我,一切都会好起来的。"

没有回应,她死掉了。

他羞耻龌龊的生命里,出现的唯一美好的事,她死掉了。

少年贴紧她苍白冰冷的脸颊,号啕大哭。

雨汇成河,卷着垃圾尘土滚进下水道,要刷干净这座城市的污浊。

雨季那么长。

可是,夜里分明暴风骤雨,声势浩大如千军万马,摧枯拉朽般要把世间一切推翻;到了第二天早上,世界还在那里,喧闹,混沌,复杂。

清晨尚有安宁的假象,因为人类尚未苏醒。

陈念穿着长款的校服遮得严实,头发梳得整整齐齐,坐在桌边吃蒸糕。

她似乎忘了一切,正常得几乎不正常。

"一定要去学校?"北野问。

"嗯。"她语气缓慢而平静,"没有办法,请假的。"

"你脸上还有伤。"

"就说被蜈蚣咬,肿起来了。"她还是静静的,似乎里面静成了一摊死水。

北野没说什么。他始终侧对着她,不让她看到他的眼睛。但陈念知道。

昨晚他给她清理伤口,抱着她一整夜,泪水断断续续淌到她眼睛上,一会儿停,一会儿又涌出。

"走吧。"陈念拉他的手。

夜里她也拉过他一次。半夜,她似乎熟睡了,他偷偷起身下床,被她猛地拉住。她知道他要去哪儿,她不让他去。

去学校的路上,陈念再次交代北野,别去报仇。她说她认识一个警察,她会报警。她还说,他不能出事,说他答应过她一直陪在她身边。

北野"嗯"一声,算是同意。

而后沉默,两人各怀心事。

联考在即,最后冲刺,学生们更忙碌,没人注意陈念红肿的脸。小米吓了一大跳,听她解释后,道:"我小时候被毒蜘蛛咬过,额头肿得跟年画上的寿桃仙人一样。"

陈念没心思听,不知北野现在在干什么,她知道他一定会去找魏莱。她希望他不要找到。应该找不到的,魏莱昨天跟她说过一句话,她还会来找她的。

她一整天都坐在座位上埋头看书,不让人看到她的脸。李想坐到前边和曾好讲话时,她也不搭话,庆幸桌上的书堆可以挡住她。

小米清楚她的心思,也不主动和别的同学搭话,偶尔和她闲聊,说:"欸,最近电影院有 3D 的《泰坦尼克号》看哦。"

陈念缓缓说:"很难买到票吧。"

这时,手机响了,是郑易。

陈念蹲到桌子底下。

"陈念。"

"嗯?"

"最近上下学要注意安全。"他语气严肃。

"嗯?"

"这段时间有罪犯频繁对女生下手,我们还没抓到。"

"好。"

说完正事，笑问："学习怎么样？"

陈念回答中规中矩："老样子。"

"有没有遇到麻烦，需要我帮忙？"

"没有。"陈念说着，习惯性地摇了一下头。

"那就好。有事第一时间给我打电话。"

"会的。"

陈念从桌底下钻出，身边同学们又在说着深夜的雨衣人。

她拿出练习册做题，并不安宁，她怀疑北野会去找魏莱，正如她觉得，北野怀疑她不会报警。

她的猜测全对。

然而寻了一整天，北野并没有找到。闷在心头的痛苦无限放大，成了痛恨。

人类就是这样一种奇怪的动物。很多时候，我们并非睚眦必报，我们只要一个教训，一个惩罚，一个发泄纾解我们不公遭遇的出口，哪怕只是很小的一个口，都能轻易被安慰。

可如果没有，密封的痛苦就会发酵，成怨成仇，成痛成恨。

但中途，手机闹铃响了，下午四点半，北野没忘记要赶去学校接陈念。

还没下课，他站在街对面等。

校园很安静，像一片墓地；教学楼是一座座墓碑，数不清的学生们坐在里边上课。

远处操场上有学生在上体育课，太远，没声音传来。

北野抽着烟，忽而想起曾有一天，他去报仇，路过这个学校，也不知怎么就抱着一种说不清的情绪走到院墙边。巧不巧，刚好就看见她在跳绳，长长的马尾像晃动的珠帘。

想着旧时光,他的眼睛轻缓地眯了眯。

北野看一眼手表,离下课还有半小时。他从院墙的同一处翻进去。他跑过操场,教学楼里安静极了。

他飞快溜上楼梯,想着陈念上课的样子,跑到她班上,一愣。

教室里空荡荡的,只有几个人埋头写作业。他看一眼墙上的课程表,这是节体育课。

北野心一沉,跑到走廊尽头望,操场上有人打球,有人跑步,有人跳绳,但没有陈念。

北野拿出手机,拨了号码却没摁。

他冲下楼梯,满校园找,犄角旮旯都不放过,还是没有。眼见快放学了,北野一身热汗冷汗,翻墙出了校园,站在校门对面等。

一分一秒,清脆的下课铃敲醒校园,轰然炸锅。学生们拥出学校,可陈念始终没出现。

恐惧漫上心头,他不能再次把她弄丢。

摩托车飞驰,少年穿过车水马龙的大街小巷,脑子里回想起最初的那天。

那一天,他被人打倒在地,嘲笑,羞辱。那群人不知道,他随身带着一把尖刀。下一秒,他会把刀刺进他们的心脏,同归于尽。

可下一秒,她出现了。要为他报警,还吻了他。

生命的奇妙之处就在于,你永远不知道下一秒会发生什么。

正如北野拉开卷帘门时,不会想到陈念站在黄昏的光线里,握着带血的尖刀说:"小北哥,救救我。"


"生命是天赐的礼物,我不想浪费。你永远不会知道到手的下一张牌是什么,你要学会接受生活带来的意外……"

黑暗的电影院里，大荧幕上年轻的莱昂纳多说着一口翻译腔的中文。3D眼镜遮住了陈念的眼。

几小时前，北野迅速关上卷帘门，冲去拉上窗帘，回头问："怎么回事？"

"昨天，她们打我，骂我，脱光我衣服的时候，拍了照，录了视频。她说，让我今天去拿。

"我去后山，她不给我。她放给我看。还说要传到网上去，很多人都录了，报警也没用。——她说不会放过我。——昨天的事，还会有第二次，第三次。……不够的，她威胁我，打我。我反抗，推她。……我知道要见她，带了刀，想着万一，可以吓到她不要再打我了。可她不怕，我让她不要过来，但她不听……她和我扯在一起……在草地里滚，我不知道发生了什么，我什么也没想，真的没有想，她就……

"我错了，我不该自己去的。"

可自胡小蝶之后发生的一系列事让她不再信任郑易他们，她仰头望他，泪水在眼眶里打转。

"对不起，你救救我，送我去警察那里吧，我怕他们，我不敢自己去。我怕妈妈知道。"

"不去。"北野说。

"……"

"凭什么？"他红着眼睛，"凭什么？！"

"凭什么把你交给他们？你要让他们一遍遍分析照片视频，一遍遍逼问你的感受，拷问你究竟是防卫过当还是怀恨借机杀人？你想重新见到那群伤害你的人和他们对质，你要和她们还有那一群家长纠缠撕扯？你还要考试吗？"

"……"

妈妈会知道的,知道她受到了怎样非人的伤害,妈妈会哭的。

而在短暂的失控后,北野冷静下来:"你确定她死了?"

"……"她怔怔的,几秒后,茫然地摇摇头,"我立刻就跑了。"

"我过会儿去看。但不管怎样,一切等考试完再说。把刀给我。"

尖刀上鲜血干涸。北野过去夺,抽了两下才把刀从她手里拔出。

"把衣服脱了。"北野说。

陈念没动。

北野扒掉她的衣裳,把她拉到花洒下冲水,点点的血迹慢慢散开。

北野把衣服鞋子塞进洗衣机,看见了自己的衬衫。今早陈念穿衣时找不到打底 T 恤,当时他找了件衬衫给她。他回头看她一眼,她滞望着墙壁。

他背身遮住她的视线,把衬衫抽出来,团一团塞进洗脸台抽屉里,却意外在抽屉里看见他妈妈买的某件东西。

他看那东西一眼,想了想,合上抽屉。

准备开洗衣机,略一思索,又把衣服捞出来,把口袋里一切物件清空,找了个大塑料袋装好。

灯光昏黄,陈念身上已冲干净,北野戴了手套蹲在地上,一手洁厕灵一手刷子,把地板的边边角角都擦干净。

"你先出去。"北野说。

她没动。

"我完了。"她说,"北野,我完了。"


爆米花桶碰了碰陈念的手背,她扭头看一眼身旁的李想,伸手在桶里抓一把塞嘴里,味同嚼蜡。

"没完。"北野脱了手套站起身,温水淋着两个少年的头发。他捧起她的脸,黑亮的眼睛紧盯着她:"你不会有事,我保证。"

"和我说,你……"他斟酌用词,"你伤了她哪里?"

她摇头:"……我忘了。"

"伤了她几刀?"

"……不记得。"

"多深?"

"不知道……我恨她。我多希望她消失。可我没想要她死。"她发着颤,"她们那样的少年——为什么不被管起来……不该是这样的……原本不该……"

北野紧握住她的头,盯着她,让她冷静:"你回来的路上有没有人看见你?"

"没有。"厂区除了院墙那头的小巷,三面都是荒地。

"她人现在在哪儿?"

陈念看他。

"我去看看,你力气小,或许她只是受伤。人没那么容易死的。"他异常冷静。

"我和你一起……"

"我一个人去。如果有事,我会通知你。"

"可是……"

"没问题的。你不相信我?"

"信。"

他上前,突然握住她的湿发将她揽进怀里,低头用力贴紧她的脸颊。

陈念的手机响起,两人猛然一惊,李想打电话来。

"陈念,《泰坦尼克号》以 3D 版本重新上映啦。我抢到两张票,要不要去看？"

"我……想复习。"话说完，北野蹙眉摇一下头。

李想劝："等联考完都下映了。这么经典的电影，以后很难在电影院看到。你就当放松一下嘛。"

北野握住陈念的肩膀，眼神告诉她答应。

陈念嘴唇颤了颤，缓缓摇头。她不是傻子，他太谨慎，为以防万一已开始给她制造不在场证明。

电话里李想仍在努力："陈念，《泰坦尼克号》多么经典啊。你心里肯定也喜欢……"

狭窄简陋的浴室里，灯光昏黄如旧电影。他和她四目相对，谁的心思对方都心知肚明。他握紧她的肩膀，缓慢而用力地点头。


这部电影太漫长。

陈念坐在黑暗的影院，像坐在坟里。终于到了结局，海面上，Jack 和 Rose 抓着同一块救生的浮木。年轻的男子让女子爬上去，自己漂在冰水里。

他们共同的未来像北冰洋的寒夜，冰冷，黑暗。

"我爱你。"

"你敢再说一次！……不要说告别的话。"

"可我太冷了。"

"听着，你会逃离这里，安全脱险；你会向前走，活下去。……你会老去，会安息在温暖的床上，而不是结束在这个鬼地方，不是结束在今晚。你明白吗？"

"可我太冷，已经麻木。"

"赢得那张船票，是我一生中最幸运的事；因此认识你，我万分感激。……答应我活下去，答应我你不会放弃。……无论发生任何事，无论你身处如何绝望的境地，答应我，不要放弃，别忘了你对我的承诺。"

"我答应你。"

最后，女子拨开他的手，奋力游向光明；英俊的男子缓缓沉入北大西洋，被黑暗吞噬。

走出电影院，李想见陈念红着眼睛。

"哭了吗？"

陈念垂着脑袋，摇摇头："没有。"

"女生看这类电影都容易伤感。"李想说，想拍拍她的肩膀安慰，又把手缩了回去。

他晃荡着纸桶："没想到你这么不能吃，你看，爆米花还剩一大桶。"

陈念只好说："我不喜欢吃零食。"

"难怪你这么瘦。"他看看手表，"不早了，我送你回家吧。"

陈念回家后不久，风雨接踵而至。

等了好一会儿，北野还没来。

她翻出手机要给他打电话，却意外发现通讯录里没了北野这个人。正疑惑思索之时，门上响起敲门声。

陈念一惊，凑到门边，听他低声说："是我。"

陈念立刻开门让他进来，他一身风雨，水流顺着雨衣滴在地上。

她递给他一条毛巾，问："她怎么样？"

"应该没事。"北野说。

"没事？"

"我去了你们学校后山，我遍了也没看见她。"

"找错地方了？我应该，和你一起去的。"

"没。我看到了血迹。但她不在。"

陈念吃惊:"你……没骗我?"

"不骗你。真的。"他说,"血迹很少,估计是轻微的刺伤。现在冷静下来想想,你回来时,衣服上的血迹也很少。"

她惶惑而依赖地望着他。

"她应该伤得不重,自己走了。"北野说,"你也不清楚伤了她几刀,深不深。我觉得你太紧张,想严重了。"

"是吗?"陈念蹙眉,又道,"但……她会告诉警察,会……"

"不会。"北野擦擦头发,把雨衣脱下来挂在衣钩上,"她打架不少,受伤也多,她哪回找警察了?再说,告诉警察,她们欺辱你的事也会曝光。她们人多,有的还在上学,会被开除。要真告诉了警察,你现在能站在这里?"

陈念"哦"一声,恍惚地看着他。

"别自责。"他轻声说,"你对她的伤,或许还不如她自己打一次架的。"

她似乎有些迷茫,好久后,低头从包里拿出一张手机存储卡。

北野接过去剪碎了。

陈念说:"垃圾桶在那儿。"

北野:"我扔到外边去。"

她抬头望他,他揉她的头,右手腕上系着的红绳垂下一缕线,擦过她的脸颊。

"她没事。你别想那么多,认真复习,准备考试。"

陈念机械地点点头。

风声雨声,灯泡在头顶摇荡,两人的影子晃来晃去,单薄,不定。

北野坐到床沿,人似乎有些疲惫,抬头见她在出神,他凝望了她一会儿,轻声问:"电影好看吗?"

"啊?"

"我问电影好看吗?"

"——不好看。"陈念摇摇头,"是悲剧。我不喜欢。"

"悲剧?"

"嗯,男主角把生,生的机会,留给女主角。自己死掉了。"

"女主角呢?"

"结婚,生子,活到很老。"

"挺好的。"北野笑了笑。

"哪里好了?"陈念说。

北野抬头望着她,张开口,要说什么,最后却说不出口;就那样安静看着,眼神笔直而柔软,像一口深深的井。

陈念站在原地,与他四目相对,忽然就有些想落泪。

两个少年读懂了彼此生命里的苦痛挣扎,爱与无望,可什么也不能说,说出来又有什么用处?

他们单薄的肩膀承受太多不可承受的重量;他们还那么小,可这凄风苦雨的世界,他们唯有彼此可依可靠,这究竟是幸运,还是不幸?

凝望着。

北野微微一笑,朝她张开双臂,小结巴,过来我这里啊。

陈念揉揉眼睛,走过去坐到他腿上,紧紧搂住他的脖子,像孩子抱着最心爱的玩具。她把头枕在他肩膀,箍得紧紧的,嗅到他脖颈间风雨的气息。

他抱着她缓缓向后倒去,倒在床上。

屋外的风雨声,仿佛再也听不见。

紧紧相拥,如果时光能够停在这一刻,就好了。

# Chapter 7　夜空下的少年

"We are all in the gutter, but some of us are looking at the stars. 奥斯卡·王尔德的这句话怎么翻译？"英语老师坐在讲台后边，眼睛从鼻梁上的镜框边看向教室，"谁来翻译一下？……陈念？"

陈念捋着裙子刚要起身，老师抬手："不用站起来了。"

陈念轻声说："我们，生活在阴沟里，但依然，有人仰望星空。"

"对。我们生活在阴沟里，但依然有人仰望星空。"英语老师重复叙述一遍，推推鼻梁上的眼镜，"下一题。"

第四天了，一切风平浪静。

魏莱没再来找陈念的麻烦。

雨季接近尾声，天气越来越热，北野给陈念买了台小小的电风扇，无声音的，挂在课桌底下吹风。

老师仍在念题，班主任的影子出现在窗口，陈念微微分神，却听他说："曾好，你出来一下。"

曾好出去了。

陈念继续听课，不久后曾好回来，看上去有些得意。

下课后，小米戳她后背："曾好。"

"嗯？"她转过身来。

"老师找你干吗，有好事儿吗？"

陈念拆开一盒百奇。

"我吃点。"曾好伸手拿一根，小米也拿一根，说："念最近总吃零食。"

前前后后外加路过的同学都凑来拿，拆开的饼干如同人民广场喂鸽子，一眨眼就没了。

"魏莱失踪了。"曾好咬着饼干耸耸肩，别提有多幸灾乐祸。

小米问："失踪了为什么找你呀？"

曾好翻了个白眼："象征性地问一问。谁都知道当初不是恶作剧，就是她们欺负我。那时劝我别想复杂，现在倒晓得来问我。哼，她还欺负过外校的学生，恨她的人就我一个？反正她活该。"

陈念抬头，道："别说那么满，万一，她跑出去玩，过几天又回来了。"

曾好瘪瘪嘴："最好永远别回来。"

小米："咱班主任又得长白头发了。"

"白什么呀。"曾好说，"魏莱被退学，归家长管，和学校没关系。以前不愿承认只想大事化小，还是那个警察干预的。现在估计庆幸早早脱离关系了吧，不然名声要臭掉。"

陈念看见徐渺在她身后，推了推她；曾好扭头，见徐渺脸色尴尬，回头来对陈念吐了吐舌头，不说了。

傍晚，陈念走到校门口，照例远远看一眼街对面的北野，但……北野正盯着路边的徐渺看，隐约奇怪地笑了一下，直到徐渺上了她家的车远去。

陈念想了想，觉得自己看错了。

北野看到她了，拔脚过来。

陈念继续走自己的路。

经过上次的事，她常常不安，走几步就得回头，看见北野了才安心。

才转过头来，听见李想喊她："陈念！"

陈念又一次回头，见北野正盯着她，插着兜往旁边挪了一步。李想跑过，撞上北野的肩膀。他轻轻晃了一下。

"啊，不好意思。"李想笑着对他道歉，跑向陈念。

陈念静悄悄地看了李想一眼，回身。

李想感觉气氛有些不对，忙解释："嘿嘿，又去姑妈家吃饭。"

"哦。"

"陈念，我听说魏莱失踪了。"

"是吧。"

"可能和父母吵架，离家出走了吧。"李想说，"走了好。不会再影响你。"

陈念敏感地抬起头，道："我和她，没有关系。你说得就像，我想要她失踪一样。她没有影响我，影响曾好，还差不多。"

李想一愣，赶紧道歉，说："也是哦。"

尴尬中，他无意地回头看一眼，笑容微收，走了几步，低下头小声说："陈念，我上次也见过这个人，跟了你一路。"

"啊？"

"别回头！"

可陈念已经回头，一瞬间，李想抓住她的手，道："快跑！甩开他！"

陈念惊讶地看着北野，来不及反应，人就被李想拉跑了。

陈念挣了一路，可李想力气大，拽着她跑过整条街，看"那个人"没追上来，才作罢。

陈念奋力甩开他的手，弯腰在路边气喘吁吁。

"跑什么呀！"很不开心。

她极少露出情绪，何况是负面；李想猜想她今天可能心情不好，也有些惶然，低声："我怕有人跟踪你。"

"谁？"她胸腔一鼓一鼓的，盯着他，"谁！"

"……呃，没跟上来。"

"学校那么多，人。"陈念一头的汗，脸通红，"多少人同路！"

"也是。不过，算是排除嘛，对不起啦。"李想很抱歉地赔笑。

陈念别过头去："算了。"

到路口分别了，陈念站在路边等。直到远远看见了北野，刚才因李想而莫名升起的闷气才消下去。

然而，北野经过，瞥她一眼，眼神里似有股力；也不停下，只往前走。

陈念和他并排走，隔着两三人的距离。

自那天后，他不再用摩托车载她，她也再不回自己家，中午也不留在学校学习，而是去北野家午休。不在学校的每分每秒，都要和他在一起才安心。

走到荒地上，陈念才靠近他一点了，巴巴望着他，等他说话，问她今天上学怎么样。

但他不说话，也不看她。

过了很久，陈念说："你不开心吗？"

"没有。"他随手扯下身旁的狗尾巴草，问，"你呢？"

"啊？"

"你不开心吗？"

"也没有。"她摇摇头。

夕阳悬在远处的荒野,像一颗大大的咸蛋黄。

陈念又问:"刚才你,干吗撞他?"

"谁?"

"——李想。"

"呵,古怪的名字。"

"你干吗撞他?"她今天倒刨根问底,"我看见了,你是故意的。"

"讨厌就撞了。"北野微微倾身,拿狗尾巴草勾她的鼻尖,"你要找我算账吗?"

"……"陈念面红了,默了半刻,问,"那你为什么,讨厌他?"

北野"呵"一声,冷淡地瞥她:"你不知道吗?"

陈念搓搓手心的汗,垂下脑袋去:"我又不喜,欢他。"

"那你喜欢谁?"北野问。

红了脸。

萋草轻摇。

没有回答,只有柔软的手钻进他的手心,像一尾滑溜的小鱼钻进泥地,塘底的泥早有准备,却仍不及防地漏了个小洞,灌进去一洼春水,甘冽个激灵。

少年牵着女孩,行走在苍茫的原野上,走向那颗红彤彤的夕阳。

走进厂区,看见一株耳环花,北野摘了两朵挂在她耳朵上,他捏捏她的耳垂,忽然说:"你没有耳洞。"

"等考试完。"

"好。"

"你陪我去吗?"

"当然。"他微微侧头,嘴唇从她脸颊上掠过,像亲吻儿时最爱的棉花糖。

他说:"到时,我送你一对耳环。"

"……谢谢。"

"还没送呢。"

"提前说了,也不要紧。"

拉手往家里走。

北野手机响了。

他皱着眉心接起,冷声道:"说了中午和晚上别找我。"

陈念知道那是他的朋友。只有她上课时,他才有和朋友一起玩的时间,那件事后,尤其如此。

挂了电话。

陈念说:"晚上,自己做饭吃吧。"

北野说:"好。"

走到楼下,发现桑树上挂了两条粗粗的绳子,陈念看看绳子,又看他。北野说:"给你扎个秋千,等考试完,你可以天天在下边荡秋千。树上的虫子我用药水喷走了。"

陈念轻轻地点点头。

回到家里发现,米没了,方便面也没了,就剩一小把面条。煮开了水,把面条丢进去,陈念望他:"够两个人吃吗?"

"应该不够,加两个鸡蛋。"北野把蛋磕进去。

陈念四处找:"欸,有小白菜,还有平菇。……啊,西红柿。"

不管了,洗干净了一股脑儿全扔锅里。

最后出来一锅有红有绿的蔬菜面条汤,也不装碗,直接把锅端桌上,底下垫本书,拿两双筷子蹲椅子上就着锅吃。

出乎意料地鲜美。

电风扇吹着,少年们吃得大汗淋漓。

"好吃吗?"北野问。

陈念点点头。

北野把啤酒瓶推给她:"喝一点。"

陈念抱起瓶子,对着瓶嘴慢慢仰起头,喝了一小口,苦涩,她眉毛揪起来。

北野饶有兴致地看着。

"好喝吗?"他问。

"不好喝。"陈念瘪嘴,看着桌子对面的北野,没有缘由,忽然就浅浅地抿起嘴唇。

"为什么笑?"北野问。

陈念摇摇头:"不为什么。"

"你开心吗?"

她懵懂地想了一会儿,点点头,声音很低,小小的,像说一个秘密:"开心。"

北野"哦"一声,垂眸夹锅里的面条,不自觉唇角弯起来,也是笑了。

陈念问:"你也开心吗?"

北野说:"我也开心了。"

两人把面条吃得精光,见了锅底,北野问:"吃饱了吗?"

陈念点头:"吃饱了。"

烤面包的香味又飘进来,他问:"想吃吗?"

"……好呀。"

北野于是又笑了,他翻窗子下去,一会儿带回了新烤的面包,还有一根灰太狼样子的软糖棒棒糖。

陈念拆开咬一口,转眼看到柜子上的《圣经》,脸色微微变了变,过去把它塞进柜子里,再也看不见。

她含着糖果,忽说:"魏莱失踪了。"

"哦。"北野并不在意,把吸管插进牛奶盒子,推到她面前。

"她会去哪里?"

"谁知道?她招惹的人多了去了,和我们没关系。"北野说。

"哦。"陈念说。

但如果警察来询问,也会很困扰,她蹙眉想着,忽起身走去浴室,不知找什么,翻箱倒柜的,北野也没拦,坐在桌边喝牛奶。

陈念拉开洗手台下的抽屉,里边空空的;她找了一圈,又出来四处看看,问:"那些衣服呢?"

"嗯?"

"那天,我穿的衣服。"

"烧了。"

"烧了?"他真够谨慎的,她问,"烧的时候,不会被发现吗?"

"我知道有个地方整天都在焚烧垃圾。"

陈念还要说什么,北野问:"今天不复习吗?"

"复习啊。"她回到桌边坐下,北野起身把台灯拿过来。

两个少年分坐桌子两边,她低头看书解题,他看看漫画书,偶尔看看她,时不时去赶走窗外叫嚷的蛐蛐儿,夏天的夜晚就这样过去。

一天又一天,两个少年相依为命。

有一个晚上,火车铃响起的时候,陈念揉揉眼睛,合上了书。

这夜暴风雨不再,平静极了。

陈念说:"今晚,没有下雨了。"

北野走到窗边:"雨季要过去了……"他顿住,望着天空,忽然说,"小结巴。"

"嗯?"陈念回头。

"你过来看。"

陈念到窗边,和他一样伸出脖子望天空,漫天繁星。

北野跳上窗子,递手给她,她拉住了爬上窗子,跳下水泥板,绕过梯子去上楼顶。火车轰隆而过。

两个少年肩并肩坐在楼顶的夜风里看星星。

他们仰着头,虔诚而笃定。

夏夜的星空美得惊心动魄,那么美,叫人想落泪。

陈念脑子里忽然划过那句话,念了出来:"我们生活在阴沟里,但有人依然仰望星空。"

北野垂下眼眸来,扭头看她,她有些惶惑:"我不明白。"

"北野,"陈念问,"他们说的仰望星空,是什么意思?"

"对我来说,是此时此刻的意思。"北野说。

她迷茫不解。

他微微一笑,说:"愿你有一天也会明白它的意思。"

"会吗?"

"会。"他说,"你相信吗?"

"你说的,我信呀。"

那天的自习课上,班主任中途进来,敲敲桌子,让同学们把手头上的复习作业都放下来,然后花了半节课给大家讲上下学的安全知识和自我防卫意识。

"尤其是女生,"他说,"尽量结伴,不要去人少的地方,也别逛公园爬山。晚上就不要在外边乱跑了啊。"

有人问:"出什么事了?"

班主任说："没事，快联考了，各方面都注意点。"说着又讲了些注意饮食和避暑之类的话。

但少年们察言观色，何其敏感。老师一走，班里就炸开了锅。

"出事了，肯定出事了。"

"注意到老师的语气没？'尤其是女生'，我说啊，就是那方面的。"

"哪方面啊？"

"哪方面你不知道啊。我上次就说了雨衣采花大盗，你们偏不信。"

"哦——"恍然大悟状。

陈念不关心，放了一颗话梅在嘴里。

前边的曾好扭头过来，趴在小米桌上，朝陈念勾勾手。

陈念凑过去，小米也过去，三颗脑袋挤成一团。

"欸，老师说的那个人，很可能是魏莱。"

陈念和小米诧异极了。

曾好："真的。骗人的掉准考证。"

陈念嘴里的话梅化开，又酸又咸，问："她……怎么了？"

曾好迟疑，仿佛为接下来的话感到难为情，但还是说出了那个词："先奸后杀。"

陈念："……"

小米："真的假的，你三姑六婆乱说的吧？"

"真的！"曾好说，"一星期前，雨季最后一场暴雨，三水桥垮掉了。"

这大家都知道，三水桥位置偏僻，还是铁轨桥，也无人员伤亡，不是好谈资。高三末期的学生们谁会在意。

"工人水下作业时，捞到一只鞋子。一开始以为是垃圾，就带上岸准备扔去垃圾堆。可后来发现……"

小米插嘴："魏莱的？"

"对啊,魏莱失踪后,到处都是寻人启事,她失踪那天穿的衣服鞋子都贴在网上呢。"

"然后呢?"

"当然报警了。警察在附近找,后来在三水桥上游一千米左右,江边的淤泥里边找到了女孩尸体。"

小米问:"她被埋在里边?"

"嗯,警察捞起来时,浑身赤裸,什么都没穿。"

"那也不一定是你说的——那样啊。"

"你不知道吧。"曾好说,"曦岛已经好几个女孩被,那个……但犯人没被抓到。"

谁都知道那个是哪个。

陈念想起她去过三水桥,又想起郑易曾提醒她上下学注意安全。她说:"可那也不能证明,死的人就是魏莱。"

"那你说魏莱失踪去哪儿了?我觉得就是她。肯定是她。"曾好很努力地说。

如果魏莱出事了,还是那样一种方式,她死前一定很痛苦。

陈念吸着渐渐变甜的话梅,心里浮起一阵激越而恐怖的快意。

可很快,她审视自己的内心,又觉得丑陋,羞耻。

中午,陈念盘腿坐在凉席上,北野在一旁洒水降温时,她告诉了他这个消息。

他"哦"一声,没了下文,不受干扰地继续给水泥地面浇水。

电风扇吹动他的额发,遮住眼睛,看不清神情。

"你说,会是魏莱吗?"陈念问。

"我怎么知道?"他抬眸,"我又不是警察。"

泼完水了，风扇吹着一阵清凉，北野坐到席子上，说："睡觉吧。"

陈念躺下，闭上眼睛；北野也躺下，闭上眼睛。

风吹着凉席上平躺着的两个少年。

隔一会儿，热气渐渐散去，他搭一条枕巾在她肚皮上，陈念睁开眼睛。

北野低声说："吵醒你了？"

陈念摇摇头，看着他。

"怎么了？"北野问。

陈念说："那天你去学校后山，魏莱不在那里了吗？"

"是。"

"那天，你为什么那么晚才回来？"

"我找了很久。"

陈念张了张口，最终什么也没说，就那样笔直望着北野。

她有一双会说话的眼睛，但此刻她的眼睛也是无言的。她似乎有些疑惑，但也不知自己疑惑什么。

他淡淡一笑："你以为我骗你吗？"

"也不是。"陈念说。

"睡吧。"北野又一次说。

陈念闭上眼睛，北野也闭上了眼睛。

午睡起来，北野送陈念去上学。

出了废旧的厂区，走在杂草丛生的大地上，后方传来少年的呼喊："北野！"

是他的朋友，大康，赖子，和他一样青涩高瘦的少年，和他一样坏坏的少年。

陈念瞬间躲去北野身后，揪紧他的衬衫。她在发抖，他感觉到了。那件事后，她恐惧所有坏的少年，除了他。

"北哥——"

"小北——"

他们跑来："一起去滑 U 形板啊。"

"你们先去，我一会儿去找你们。"

风吹草动，少年北野的身后闪过女孩乌黑的发丝和白色的裙角。

"你最近怎么回事？在忙些什么？"大康探头往他身后看，北野迅速往右走一步，挡住他的视线。

大康只撞见北野警告的眼神，如同御敌。

大康愣了愣，意外极了。这是他从小一起长大的弟兄。这是头一次。

兄弟间对视着，或者说，对峙着。

赖子见状，拉拉大康的胳膊，小声打圆场："我们先去玩吧，有事过会儿再说。"

大康看着北野脚底下两道影子，一高一低，紧紧贴着；他很不爽，想说点儿狠话表达这些天的不满，但最终只说了句："居然也是个重色轻友的家伙。"

拂袖而去，赖子去拉，大康甩开："你也滚！"

赖子看看北野，想说什么，见着他那眼神，咽了下去，说："过会儿给你打电话。"

也跑了。

北野手伸到背后，握住陈念的手，她手心全是汗，捏得紧紧的，他费了好大力才把她松开。

陈念脸色煞白，低着头。

"那个人……是你朋友？"

"不是了。"

北野牵起她的手，慢慢握紧。她也缓缓握紧，年轻的稚嫩的两股力量交缠捆绑在一起。

从齐腰高的草丛间走过。有些事,不提。

那根红色的毛线绳子还系在他右手腕,无意义的小东西,因为恋,变成心头好。

少年的手牵得紧。

直到最后,不得不松开。

到了公路上,不再并肩同行。

过马路时,陈念站在路边,北野在离她五六米的大树下。背后有人拍陈念的肩膀,她回头,是郑易。

她愣了愣,本能地想看一眼北野的方向,但没有。

"郑警官……"

"陈念,"郑易微笑,"今天中午怎么在外边跑?"他曾经接送过她,知道她中午待在学校不回家。

陈念说:"我……有时候回去午休。"

"嗯,趴在桌上睡不舒服。"绿灯亮了,他抬抬下巴,"往前走吧。"

陈念跟着他走,隐约惴惴不安。

下午两点的太阳照在马路上,热气蒸人。

她斟酌半刻,问:"你……怎么……在这边?"

"哦,来找你的。没承想还没到学校,在这儿遇见你了。"

"找我干什么?"

有车右转弯,他拉了一下她的胳膊,女孩皮肤微凉,很快缩开。

他察觉到一股距离感,理解为他们很久不见,且她学习压力大,他说:"快联考了,看你最近过得好不好。"

"还是……老样子。"

"嗯。平常心就好。"随意聊了一会儿,郑易又说,"以后放学早点儿回家,下学了别往偏僻人少的地方走。"

到正题上了。陈念说:"老师……说过了。"

"嗯,那就好。"郑易点点头,想了很久,最后,不明意味地说,"和同龄的男生保持距离,别轻易相信他们。别单独和男同学一起回家。如果遇到什么事,要冷静,不要激怒对方。"

陈念心一紧,像突然丢进沸水里的温度计。做贼心虚,难道他知道北野这个人?可转念一想又觉得不对,这话意思,应该是有嫌疑范围了。

陈念抬起头,想问个究竟,却又意识到公事无法挑明,郑易不会回答,就作罢了。

到学校门口,郑易说:"你等一下。"他去街对面的小卖部买了个冰淇淋甜筒给她。

陈念接过,寒气降在手背上。

郑易笑了,说:"加油,好好学习。我这段时间很忙,所以没什么时间来看你。联考完了,我请你吃饭。"

陈念说:"好。"

郑易走了,陈念看过去,看到了北野。

他站在梧桐树下的斑驳光影里,太阳光变成一道道白色的光束,在少年单薄的身体上打出一个个洞。

陈念捧着冰淇淋立在校门口的台阶上,她不能过去,他也不能过来。

只一眼,他转身走了,就像从没来过。一串破碎的阳光在他身上流淌。

陈念回到学校。

临近上课,教室里几乎沸腾。不知哪儿来的消息,河里发现的那个女生身份确定了。

正是魏莱。

曾好眼睛亮得像灯泡,对陈念说:"她下去陪小蝶了。——哦,不,小蝶上天堂了，可魏莱去了地狱。"

没人会害怕一个死人，恨与怨都不用再隐瞒。

整个下午，小米都在叹气，陈念："你今天怎么了？"

小米说："我有些难受。"

"魏莱的事？"

"嗯。"小米说，"虽然她很讨厌，可又觉得很可怜。比起死掉，还是希望她活着。"

陈念则不知道，她不知道魏莱是死了好还是活着好。

在小米面前，她很羞惭，也无力。她们是最好的朋友，可终有些事把她们隔开，而她不知从何讲起。

"我不懂这个世界。"小米说。当初胡小蝶跳楼时，惶惑的她也说过这句话。

小米精神不好，去洗脸了；陈念回到教室，徐渺过来坐在她前边胡小蝶的座位上："魏莱失踪那天给我打过电话。"

陈念面色不动。

徐渺叹了口气："她给我说了你的事，还说约了你去后山见面。让我去'欣赏'你的狼狈样子，说就在后山，而且是体育课，我去了也不会被爸妈发现。"

陈念还是看着她，表情冰封。

"我不想再像她那样，就拒绝了。以前觉得欺负人很拽很威风，现在想想很无聊。"

陈念说："好在，你没去。"

徐渺以为她尴尬，自己也有些尴尬，说："我现在天天被爸妈教育，以前的德行别提了。不过陈念，那天魏莱没把你怎么样吧？"

在她眼里，陈念这种弱小的被欺负对象，根本不可能是嫌疑人。

陈念想起那天魏莱拿着视频嚣张跋扈的样子，侮辱她，威胁她，恐吓她，保证她遭受的厄运将继续，陈念摇摇头："没。"

"哦。"徐渺凑过来，小声说，"别和任何人说你和她私下见过面，不然天天接受盘问，你别想学习了。"

陈念点了下头。

不到半天时间，各种消息像长了翅膀的鸽子，飞遍校园。陈念下楼上体育课时，听见低年级的学生讨论得神乎其神。

"欸，你看过美剧《犯罪心理》没？"

"没啊，好看吗？"

"超好看，你去网上找。我跟你说，像魏莱，她就是那个连环强奸犯的失控点和爆发点，雨衣人的犯罪已经升级了，以后他再对女孩下手，都会把她们杀掉。"

"啊？真的假的？"

"真的。电视里这么说的。他从强奸获得的快感无法满足他，杀过一次人，就像打开了潘多拉的盒子，他得继续从杀人中获取快感。"

"好恐怖哦。——不过你好厉害，以后去当专家。"

"那当然，这是我的志向。"

很多学生都在议论。

他们对被害者怀着可怜，人多时这种感情尤其强烈，从众地写在脸上和嘴上。

有人号召点蜡烛为魏莱祈福，但临时"组委会"在蜡烛型号、摆放造型、谁来拍照、谁出镜、由谁发布在微博上等事宜起了不小的争执，好在最后达成一致。

但还没到晚上，就有人在教室里点蜡烛玩，更多的少年加入，又打又闹，又笑又跳，疯成一团，差点引起安全隐患，结果被教导主任训斥一番,说好的祈福行动也就没影儿了。

有时候,陈念觉得,学校是一座奇异的植物园,每个少年都像一株花儿,一根草,或一丛灌木。

有的少年美丽,有的少年丑陋;有的少年在有些时候美丽,在有些时候丑陋。

他们像葛藤和松木争夺阳光雨水,你死我活;他们像石蕊、松萝,互利共赢;更多的时候他们像乔木与灌木,各自找到适合自己的位置,分享自然,互不干扰。

而连这里都活不过的人,以后如何活得过社会?

## Chapter 8　　暴雨来临的前夜

"地衣好神奇。"小米对陈念说。

陈念低头收拾课桌,联考倒计时进入个位数,很多书要逐渐搬回家。

"真菌和苔藓在一起,一个吸收养料,一个进行光合作用,生长成地衣。可如果把它们两个分开,两者就无法独立存活,都会死去。"

前边正收书包的曾好回过头:"小米,你感情如此充沛,没早恋真浪费。最后几天要不要赶趟末班车?"

小米一脚踢她椅子:"大学里有更好的。"

"不一定呢。"曾好说着,眼睛不自觉往一边看。

小米瞧出来,笑:"已经看上好的了吧。"

曾好也不隐瞒:"等考试完了,我就去追李想。"

"欸!那你志愿也填北京的学校吧。"临近期末,分别的气氛愈来愈重,谁都想有更多的同学和自己在相同的城市。

"好啊。我不想留在本省,我讨厌这里的人。"曾好说。不论是曾经的胡小蝶,她,抑或是陈念被欺负,众人的无视和不理会都历历在目。

曾好:"等上大学后,我要好好打扮,学化妆,学穿衣,多参加社团,认识很多好朋友。"

小米也很向往，扭头看收拾书本的陈念："念，到大学里，你一定会是系花。"

陈念懒懒地抬起眼皮："因为数学系，或物理系，就我一个女生吗？"

曾好扑哧大笑，拧陈念的脸："天然呆！"

陈念轻轻别过脸去。

小米哈哈笑："不是系花，校花，校花！——念，你去工科学校，肯定很多人追。你有没有想过你喜欢什么样的男生？"

陈念把《牛津英汉双解词典》放进书包，拉上拉链，轻声说："我杀人，他给我放火的。"

曾好："……"

小米："……"

陈念："但我不会杀人，也不要他放火。"

曾好推她的手："笑话真冷。你的意思就是爱你爱到为你去死，可现在哪有那样的人？"

小米说："你还学会鬼畜了。——欸，说认真的啦。"

"把我当小……朋友。我到哪里，他就跟……到哪里。见不到我，他就不安心；见不到他，我……就不安心。"陈念说。

"念，你们是小丑鱼和海葵啊？"小米笑，"还是地衣？"

"No! No! No!"曾好摇头，"陈念，你这种观念不会幸福长久。恋人之间重在平等，不是父女也不是兄妹，要有空间和自由。太黏了不行。你得改改想法。"

"哦。"陈念说。

三人收拾好了走出教室，曾好提议："明天放假一天，我们叫上李想，去文曲星庙拜拜。"

小米:"连你都要拜菩萨?"

"主要是爬山放松一下,再去小吃街逛一遭。"

"别。天气这么热,小心吃坏肚子,考试要紧。考完了大吃特吃。"

"那爬山后去游戏乐园总行吧。"

"好啊。我想打地鼠。——念,你也去吧?"

陈念老远就看见校门对面的人影,她摇头:"不去了。"

"干吗不去呀?大家一起嘛。"曾好说。

陈念嗡着鼻子:"好像有点儿要……感冒。想吃点药,明天休息。"

"啊,那就好好待着,一定喝冲剂哦,不然感冒一发作,就是一个星期的节奏,最后几天别想复习了。"

"嗯。"她点头。

陈念跟她们在校园门口告别。

她一路走,走到街道外的荒地上了,才停下来转身看。

少年北野走上来。

她侧着身,身子微弓,背着沉重的书包,像一只蜗牛壳。肩带处的衣服布料汗湿了,皱巴巴贴在皮肤上。

北野上前,把书包从她肩上拉下来。

她稍稍挺直了身板,跟着他走。

她说:"明天不上课。"

北野:"一天?"

"嗯。"

"要复习,还是想出去玩?"他问。

"出去玩。"

"好。"

各走各的,相安无事。

走了好一段路了,北野问:"中午那个人就是你认识的警察?"

"是的。"

"他找你干什么?"

"他说,对同龄的男生,要保持警惕。还说——"

北野问:"还说什么?"

陈念答:"说不要和男生,一起回家。不要走,人少的地方。"

北野不说话了。过了好一会儿,或许察觉到她还等着他接话,于是问:"那你还跟我走?"

陈念低着头,轻瘪一下嘴角:"跟着走了,又怎么样?"

北野极淡地笑了一下。

陈念:"大家说,魏莱先被……然后杀死。之前也有几起那类的案子。可能是一个人。年轻的,我们的同龄人。"

北野又是好一会儿没答话,过了片刻忽然问:"你不怕我是那个犯人?"

陈念摇头:"不怕。"

北野扭头看她,眼睛漆黑:"假如真的是我,你也不怕?"

陈念定定看着他,再次摇头:"不怕。"

北野无言,半刻后说了句:"傻子。"

陈念扯了根狗尾巴草在手里搓捻,慢吞吞在他身后走。

想一想,挥着细细的草秆挠他的手心,他猛地一触,缩了手回头看她,如大人看待小孩的鬼把戏一般不屑地哼了声,继续走路。

陈念又追上去挠挠他。

他问:"做什么?"

"明天,你带我去哪里玩?"

"到时候你就知道了。"

"哦。"陈念跟在他身旁,毛茸茸的狗尾巴草还在他手心挠。他习惯了,无动于衷,任她摆弄。

"去的那里,好玩吗?"她问。

"你说呢?"他反问。

"好玩。"她答。

"你怎么知道好玩?"他又问。

"就知道。"她又答。

"呵,你是神仙吗?"

"不是神仙,但我知道。"

即使是很多年后,陈念都能清晰地记起和北野的每一次对话。

她话少,他话也不多。大部分时候,他们都安静而又沉默地前行,像两个不予理会的陌生人。

那些偶尔的对话,在很多年后忆起,无聊又愚蠢;然而奇怪的是,即使是很多年后,陈念都能清晰地记起和北野每次对话时的心情。

像清澈的湖面打起水漂。

…………

郑易从外边忙完回来,刚走进办公大厅,同事就招呼他:"赶紧的,潘队叫开会了。"

郑易也来不及喝水,赶去会议室。

老杨负责调查上月的两起强奸案,正做汇报:"……正值雨季,两位受害者均在夜间独行时遭受攻击。因雨声大,没听到身后人的脚步声,打着伞,视线也受到了干扰。"

法医小朱补充:"嫌疑人穿着雨衣蒙着面,受害者挣扎时,指甲里只抓到雨衣上的一点橡胶。"

老杨说:"是很常见的雨衣,我们没找到有利线索。——两位受害者反映，对方拿刀威胁她们，但实施性行为的过程中，他给她们的感觉很年轻，高，瘦，我们分析认为，嫌疑人在十七到十九岁间。很可能是她们的同龄人。但由于受害者报警太迟，我们从这两起案件里找到的有效线索并不多。"

有人道："在那两例之后，没有新的报警。"

老杨说："受害者年龄较小，应该有一部分选择了沉默。"

潘队长问："这次发现的尸体呢，你们怎么看？"

郑易蹑手蹑脚走到一边，轻轻拉开椅子坐下来。

老杨道："我们认为很有可能是同一个人。"

他看一眼法医小朱，后者道："尸检显示，死者的手腕，肩胛，腿部有挣扎造成的伤痕和瘀青，会阴部受伤，阴道有新的撕裂伤，体内未残留精液，应该用了安全套，这些和已知的前两起强奸案受害者的情况很吻合。

"不过，由于天气原因，高温高湿，加之死后被埋在河边的淤泥里，具体死亡时间很难推测准确，大约在这月中旬，5月10号到5月16号。死者于5月12号失踪，所以是12号到16号。虽然死亡时间久了，但尸体刚好埋在密封酸性的沼泽里，防止了腐败。"

"郑易，你呢？"

郑易说："死者的父母在上班，没管孩子，完全不知道12号那天她什么时候出门，去了哪里。那天她只给朋友徐渺打过电话。"

老杨："徐渺？是不是上次和她一起欺负同学闹到局里来的？"

"是。我问过徐渺，当日死者打电话约她出去玩。但徐渺在学校上课，拒绝了，并告诉她以后都不要再联系。"郑易说，"这两人曾经是最好的朋友，骂人打架都一起。但上次的事情后，她父母把她看得严，上下学都盯得紧紧的，还时不时在上课时进学校看她有没有逃课。几乎等于她和死者绝交了。"

郑易说到这儿,想起当时徐渺无意间说了句话:"幸好我听了爸爸妈妈的话,没再乱来,不然我也会倒霉。"

郑易奇怪:"这话什么意思?"

"哦,没什么意思,只是无聊的错觉。"

"什么错觉?"

"感觉她被杀,是因为有人恨她啊。"

郑易当时没说话,而徐渺又说:"不过,听说她被强奸了,所以我说是错觉。"

郑易看一眼满桌的同事,谨慎道:"我觉得,目前不应该过早地把这几个案子绑定在一起。有一点我一直介怀。"

"哪点?"老杨警官问。

"死者的衣服和鞋子,去了哪里?"郑易问,"为什么特地把衣服鞋子和尸体分离?——死者是本地人,有亲有故,不存在说剥去衣服能阻碍警方判断身份。"

众人沉默了一会儿,老杨说:"从心理学的角度上说,剥去衣服有进一步羞辱的含义。"

郑易揪住漏洞:"这么说就是有私怨了?"

老杨顿了一下,再次摇头:"不一定。也可能是嫌疑人本身就对女性有仇视心理,这在很多连环强奸案例中都很常见。"

"那——"郑易话没说完,法医小朱对他比了个手势:"有一点我们在你来之前就讲了,你可能没听到。"法医小朱道,"这次死者,也就是魏莱,她的指甲里同样发现了雨衣的碎片。我们把材料和之前两起受害者的进行了对比分析,是同一件雨衣。"

郑易一愣。事实胜于雄辩。

他点头："我明白了。"

"除此之外，指甲缝里还有纤维，应该是来自口罩之类的东西。"法医小朱，继续，"死者身上只有一处刺伤，为致命伤，刺中肝脏。从刀口刺入的角度看，凶手比死者高出很多，身高应该在178到185厘米。"

队长轻敲桌面，提醒一句："这点保留。考虑到有强奸案发生，凶手在杀人时，死者很可能是躺倒状态，以此推断身高，证据不足。"

"是。"

郑易翻开尸检报告，眼前出现死者魏莱的部分皮肤组织图片，她的手腕、肩胛、腿部，均有生前造成的挫伤，是常见的防卫伤痕，也是证明她反抗挣扎的证据。

毫无头绪啊，他用力揉了揉鼻梁。

会议结束，郑易把老杨拉到自己办公室，给他倒了杯水摁他坐下："头大，这案子再不破，得被唾沫星子喷死。"

"有些案子，不能用传统的方法。"老杨喝了口水，"就得用我上次在会议上讲的——"

"犯罪心理分析。"郑易接他的话。

"对。"老杨道，"就拿这个案子说吧，我问你，强奸犯为什么要强奸？"

郑易一时给不出系统的答案。

老杨："四种原因：一、权力型，为体现自身的控制力和征服欲；二、情感型，渴望建立亲密的个人关系；三、发泄型，发泄自身的愤怒和受挫感；四、好奇型，为满足性方面的好奇心，常见于未成年人单次犯罪。"

郑易点头："我看过你之前写的报告，你说询问前两个受害者后，根据她们的描述，推断这个嫌疑人属于发泄型。"

"对。权力型通常年纪稍大；情感型细腻而有需求，甚至会照顾受害者情绪，和她进行交流。"

"一个发泄型的青少年。"郑易若有所思。

"这种类型发展到杀人，我完全不意外。你想，他愤怒，受挫，急需发泄；但死者拼命抵抗，羞辱他，斥骂他，他遭受又一层挫折，当然会杀人。用刀捅死，捅这个动作本身就是一种强有力的发泄。"

郑易再次点头："是。"又道，"针对青少年固定人群的强奸案，作案人通常都是同龄的青少年。"

"对。"老杨把自己的笔记本翻开给他看，"我做的嫌疑人画像。"

郑易拿过来看，见本子上记着几点：

1. 年龄在十七到十九岁，沉默内向，谨慎聪明，想和同龄人的圈子混成一团，但难以融入；

2. 长相良好（案发地附近没人见过可疑人）；

3. 辍学，或在校纪校风不严的学校（被害人均为正规高中在读学生）；

4. 常常逃课，在其他各所学校附近晃荡；

5. 对案发地段十分熟悉，居住在附近，或常去踩点，办事周全、有计划、有条理；

6. 家庭不睦，与母亲关系尤其不好甚至恶劣（施暴过程中有辱骂女性行为），有如下几种可能：遭受母亲虐待，被母亲疏忽或抛弃，母亲有多个性伴侣或是妓女。

郑易叹："佩服佩服，但还是很难抓到人啊。"

老杨说："没关系，魏莱这个案子我们再好好梳理梳理，一定会找到缩小范围的关键线索。"

"也是。"郑易说着，把本子推过去。

"嫌疑人拥有交通工具，考虑他的年龄，有汽车的可能性很小，而自行车不方便运输死者,所以极有可能是辆摩托车。"

第二天,两个少年很早就起来。

他们在屋子里走来走去,穿衣裳,梳头发,挤牙膏,刷牙洗脸。

一起出去玩的次数太少。

陈念对着镜子,把刚梳好的马尾拆掉重新又梳一遍,左右看看没有发丝鼓出来了,才走出去。

清晨,不热不凉,温度刚好。北野和陈念坐在桌边吃煎饼,一顿早餐静悄悄。

狭窄的房间渐渐湿热,像一口缓慢加温的高压锅。他们出发了。

北野关卷帘门时,陈念立在一旁,忍不住轻轻踮脚。

他们走出厂区,走过茫茫原野,脚步始终轻快,一直走到铁轨边。

北野不走了,看一看朝阳,坐在地上躺倒,脚搭在铁轨上。过半刻了,看着陈念,拍拍身边的草地,示意她也躺下。

陈念也不问,跟着躺倒在他身边,枕在他的手臂上。

天空又高又蓝,鸟儿飞过。

她也把脚搭在铁轨上,问:"我们晒太阳吗?"

北野懒懒回答:"等火车。"

"等火车?"

"二十分钟,火车经过。"

"等火车来了,就……看吗?"

北野扭头看她,有些好笑:"搭火车。"

"但我们没买票。"

"不要紧。"北野说。

他说不要紧就不要紧吧,她看了会儿天,闭上眼睛。

风在吹,世界安静。他们快要睡着,脚下铁轨传来震动,他们睁开眼睛。

北野拉她站起来,不远处来了辆绿皮火车。去往乡下的绿皮车,速度比一般列车慢。

陈念一眼不眨地看着,等了一会儿,发现不对:"它不准备停?"

"它不停。"北野说。

"那我们怎么上车?"陈念问。

"它不停,我们也要上车。"北野说。

话落,他朝她伸手,陈念的心突突地跳,把手伸过去,握住他的手。

"小结巴。"

"嗯?"

"你想死去吗?"

陈念一愣,看着他的侧脸,又望向面前颤动的铁轨,缓慢地说:"想过。"

"我也是。"北野说。

两个少年不约而同轻轻颤抖,手握得更紧。

"你想在此刻死去吗?"

"有点想,又有点不想。"

"我也是。"少年说。

"和我一起呢?"他问。

"所以我说,有点想。"她答,攥紧他的手。

他们的手狠狠拧在一起,像要结成一股绳子,他们发抖,盯着铁轨。

北野说:"准备好了吗?"

陈念点头:"好了。"

火车越来越近,"嗖"地从他们面前疾驰而过,起了风。

北野喊:"追啊!"

陈念喊："追啊！"

他们拉着手，逆着风，追着火车跑下山坡，一道铁梯挂在他们身边，北野抓住陈念："跳！"

陈念不敢扑向那铜墙铁壁，北野一手抓住梯子，跳上火车壁，一手仍拉着陈念。陈念体力不支，北野："跳上来！"

陈念摇头，她害怕。

"我会接住你。"

陈念扑上去，北野搂住她的腰。两个少年一同撞上火车壁，陈念慌忙抓紧梯子，看北野一眼，他们瞪着对方喘着气，惊愕的脸上不剩任何情绪，忽然间哈哈大笑起来。

他们爬上火车顶。

草地湖泊，荷塘稻田。

少年脸上挂着细细的汗水，须臾就被车顶的风擦了个干净。

火车经过一个小村庄，临时停下。

北野和陈念偷偷溜下火车，拉着手跑开。

那是个很小的村子，零落几间瓦房，大片大片稻田。

他们漫无目地在田埂漫步，经过一个大荷塘。

陈念晃一晃叶片，亮晶晶的水珠在叶心打滚，撞碎了分成几瓣，又聚拢了凝成一团。

荷塘的主人是个大汉，驾着小木船从水塘深处出来，荷叶层层排开；船上，青色的莲蓬和粉色的莲花堆成小山。

陈念盯着莲蓬看。北野于是问："您准备送去曦岛卖吗？"

大汉道："是啊，要不，便宜卖。一块钱一个。"

是真便宜。

北野买了七个，一手抓住七根茎秆。莲蓬像七只鸟的脑袋，脖子扭动，左摇右晃。

大汉爽朗地说:"送你们两朵荷花。"

陈念蹲在岸边,从船上拿了一白一粉各一朵,嗅了嗅,有股青涩的淡香。

他和她走在田埂上吃莲蓬,刚摘下来的莲蓬又嫩又鲜,吃进嘴里,像喝了一池塘的清水。

"过会儿太阳大了。"北野说。他在岸边走来走去,精挑细选,找了个最大的荷叶,折断茎秆,拉出长长的白丝。

他把荷叶递给她当伞。

陈念拿过来遮太阳。

"欸,有菱角。"北野蹲在田埂上,长手一捞,捞一堆叶子上来,他翻出几只,剥开。

陈念搂着裙子蹲在他身旁:"那么小。"

他从小小的壳里剥出细白的果肉,递到她嘴边:"尝尝。"

陈念低头含进嘴里,柔软的唇瓣从他手指上划过。北野把叶子重新扔回水里,心像起了涟漪的池塘。

"真甜。"陈念说。清甜的,和街上卖的仿佛不是一个品种。

这是夏天真正的味道。

他们打着荷叶伞在稻田里行走,去田里摘黄瓜和西红柿吃,脱了鞋走进水田,让泥巴揉搓脚心,让泥巴从脚趾缝儿里挤进去。

他们在稻草棚子里睡午觉,等醒来,脚上的泥巴结成块,轻轻一抠就掉得干净。

于是继续前行。

路是窄的,一脉田埂,少年无法并肩行走。

北野悄悄后退一步,让她走在前边,他在后。他也没有上前去拉她

142

的手。

后面的路全是田埂,太窄,她身边没有他的位置,他数她的脚印,看她的背影。

走了很远的路,像要走到天外去,但他们一点儿都不累。

当天空中升起白白的月亮,草丛里浮起大片的萤火虫,他们追着火车返回家。

铁皮车在夜色下的原野上穿梭,他们爬上高高的车顶。

夜风很大,有些凉,两个少年坐在车顶,漫天繁星,碎如细钻。

"好像要下雨的样子。"陈念说。

"是啊。"

"会下雨吗?"

"不知道啊。"

"如果下雨了怎么办?"陈念问。

"我们就淋个湿透。"北野说。

"如果不下雨怎么办?"陈念又问。

"我们就看星星。"北野说。

陈念于是看他的眼睛。

北野伸手抚摸她的脸,吻住她的唇。

陈念轻轻闭上眼。

火车顶那么高,伸手,能抓到一两颗星。

仰望星空,是今天的意思。

## Chapter 9　　一室静谧

离联考还剩七天。

体育课上，没人在教室里复习了，都去操场上运动放松。班主任叮嘱大家，排球篮球就别打了，以免伤到手，跳跳绳跑跑步就行。

曾好拉了李想、小米和陈念打羽毛球。

陈念打了会儿累了，绕着操场散步，不知不觉走去树荫下北野曾翻墙的那个角落。

她尚未走近，就看见栏杆外边的白色衣角。陈念诧异而惊喜，跑过去抓住栏杆："你怎么在？"

北野伸出食指，在她手指背上画了一道，说："我知道你上体育课。"

"还有七天。"陈念说。

"我知道。"

"加上考试，两天，第十天，我们就，每天都在一起了。"

北野说："我们现在也每天都在一起。"

"……哦。"她点点头。

树影斑驳，他温柔的目光从她脸上移开，落到她身后，变得冷静，低声说:"有人找你。"

话音未落,人就闪到墙后边不见了。

陈念回头看,郑易从远处走来。这个时候来找她,一定有比上次提醒更严重的事,陈念心里清楚得很。

她拍拍手上的灰,朝他走去。

操场一处摆着运动健身器械,陈念走到太空漫步器旁,扶着横杆,两只脚分开站在踏板上晃荡。

郑易坐在一旁的仰卧起坐椅上,沉默地看她玩了一会儿,问:"陈念?"

"嗯?"她心无旁骛的样子。

"你记不记得我跟你说过,如果遇到什么麻烦,第一时间找我?"

"记得的。"她点一下头,站在踏板上晃来晃去,像一只来回的钟摆。

"但你从来不找我。"他苦笑一声。

"我……"陈念摇摇头,"没有困……难。"

"没有吗?魏莱他们欺负你,你为什么不告诉我?"他知道了。

身体顿了一下,而后继续在上边前后摆动。

"告诉你……又能怎么样呢?"她说。

"我可以……"郑易没说下去。正因她曾经告诉他真相,她才被疯狂报复。

而后因各种原因,他无法守着她。

此刻,他怀念那段送她上下学的日子。她从巷子里朝他跑来时眼中的期待和感谢,她背着书包走进校园那一回头的信任和依赖,如今全不在。

阳光强烈,郑易额头晒出细汗。

"她们对你做了什么?"

"骂我,打了我,一巴掌。"

"还有呢?"

"没,有了。"

"没有了?"郑易盯着她。

晃荡的钟摆慢慢停下,陈念看着他,轻轻问:"要不然,还有什么呢?"

郑易其实有满腔的话,但似乎说什么都没用。

下课铃响,陈念从踏板上走下来,回教学楼了。

郑易一腔苦郁回到单位,听同事说,老杨的犯罪画像取得了进展,他们已经开始调查符合画像的年轻人,辍学或职专里经常逃课的,家庭不和不与父母同住的,有摩托车的,等等。只不过,符合画像的嫌疑人有二三十个。

小姚把那二三十人的照片拿来给郑易看,大都是花名册上的证件照。郑易反感这种一竿子抡成嫌疑人的做法,不耐烦地推到一边。

小姚见他情绪不太对,问:"你那边有进展没?"

郑易让自己冷静了一会儿,开口:"魏莱有个朋友叫罗婷,我一开始就觉得她不对劲。堵了几回她才松口,说魏莱死的前一天,她们欺凌过一个女生。"

"怎么个欺凌法?"

"又打又骂……"郑易揉了揉眉心,"她说她走得早,后边不知道。"

"你去问那个女生了?"

"嗯。她也不说。"

"去案发地附近问了没?"

"让人去侦查了。"郑易说,"还在找证人。"

"你觉得魏莱的死和这件事有关系?"

"不知道。"郑易用力搓着脸和脖子。他想把这件事弄清楚,想知道陈念到底怎么了。这憋闷的感觉他快忍不了了。

"你最近是不是太累?我看你情绪不稳。"

"是!我他妈是情绪不稳。魏莱、罗婷她们早就该被抓起来!"郑易猛抬头,一拳捶在桌上。

小姚噤声看他。

死一般的静默后,郑易也知自己失控,他把声音控制回去,说:"没人报案,我也会把这件事调查清楚。"

"然后呢?"这问题太残酷。

他们的工作里,"调查清楚"往往等于给罪犯以处罚。可这事给不了。

郑易心里陡升愤恨:"为什么法律……"

"郑易,你别失控!"小姚叫住他,"不然你想怎么样?全部关起来坐牢?他们还只是孩子。"

"孩子就能无法无天?"

"不能,可坐牢就能解决一切问题?他们的人格甚至还没定型。他们长成什么样,我们成年人有推不掉的责任,因为塑造他们的社会、学校、家庭,就是我们这些成年人构建的。

"不管在哪个国家,西方还是东方,法律都对孩子宽容。因为他们还可塑。"

郑易苦笑:"我知道。大学里,我的老师讲过。"

刑法学老师说,未成年人犯罪的人格特点具有假象性,即使犯相同的罪,其主观认识与成年人也存在差距,很多甚至并未形成真正的犯罪人格。

正因可塑,所以教育与挽救,能把他们拉回来;严击与重罚,能把他们推出去,对社会危害更大。

可是,被害者呢?

郑易扶住额头,刚才连他也失控了,何况受害者。不罚,罪如何恕?受害人的愤与恨如何抚平?

"更何况,不排除有些孩子能改,有些改不了。那些改不了的就该……"

"谁判断他是否改,真心还是假意?谁判断?你,我,还是领导?如果以人的标准来判断,你我都不会做这行,因为那会有更多的绝望。"

郑易再度苦笑,或许,人得学会竭尽全力,但也得接受无能为力。

只是目前他还接受不了。

他垂下头,摇了摇:"小姚,你明白那种被人信任,结果却让人失望的感觉吗?"

"这种感觉能杀了我。"

他声音很低,像破碎了一般。

…………

放学了。

走在杂草丛生的荒地上,北野问:"那个警察又找你做什么?"

"问魏莱的事。"陈念看到一大片淡蓝色的阿拉伯婆婆纳,蹲下揪了几颗心形果实。

"他问了什么?"

"他好像……"陈念捏爆一颗小果子,说,"知道了什么。"

北野:"嗯。"

陈念递给他一束:"你玩吗?"

北野接过去,拇指与食指一捏,爆炸开,响声很脆。

那晚,北野没怎么说话,陈念也没在意。他们之间原本话就少。吃完晚饭,复习,然后睡了。

自从住在这里，陈念睡得很沉，半夜隐约感觉北野开了窗子，夜风吹进来，比风扇舒服。

不知过了多久，迷迷糊糊，她听到水声淅淅沥沥从浴室传来。

陈念睡眼惺忪坐起身，从床上爬起。一道昏黄的灯光从浴室里射出，像黑暗里撕了一道口。

陈念揉着眼睛朝那道光走去，透过虚掩的门，她看见北野赤着上身，在洗脸池里冲洗什么。

少年的头发上全是水，随着他身体的晃动轻颤着，额发遮住了眼，看不清情绪。

"北野……"陈念轻声唤他。

少年瞬间转身挡住身后的东西，一双黑眼睛锐利地盯着她。

"你在干什么？"她迷惑。

"……"

几秒的沉默后，她迈脚。

"喂！"他语带制止。

陈念看着他。

"洗内裤。"他说，"你要看？"

陈念愣愣看他，半刻后仿佛明白什么，低下头马上就走了。

北野冷静下去，呼出一口气，长脚一抬，踢上门。转头看池里，水龙头已把池中暗红冲得干干净净。

北野关了灯回到床边，陈念侧卧在床上，月光皎洁。

他知道她没睡着，躺过去，手搭在她的腰上。他和她叠在一起，像两把紧贴的弓。

她隐约闻到酒味，极淡，她问："你喝酒啦？"

"一点点。"他轻声答。

她转过身来搂住他。

两个年轻的躯体相拥而卧，漆黑的眼珠盯着彼此，呼吸声尽可闻，或战兢或期盼，彼此或早已契合习惯。

他拿鼻子蹭蹭她的眉毛、她的眼睫、她的鼻尖，他亲吻她的唇。

夜风微凉，在皮肤上吹起一阵战栗。她迎接着他。

柔软的衣衫松开，少女的身体像一块乳白的奶油，他抚摸她的脊骨，如同抚摸一串会滚动的珠子。

他们抱紧彼此，轻轻翻转，仿佛这是他们仅存于世的唯一一丝甜。

到最后累了，相拥着睡了。

睡前，北野忽而睁开眼睛，问："你家的钥匙呢？"

"在书包里。"

"我明天把你的书搬回你家，这里地方太小。"

"好。"

…………

日子过去一天，倒计时天数又少一位。

时间变得格外难熬，所有人都蠢蠢欲动。

陈念心如止水，淡定复习。课间，同学们捧着小电风扇讨论电视剧和神秘的雨衣人，以此减少压力。

陈念咬着小熊软糖，收拾书桌。她的书桌基本清空，只剩几本资料书。

中午放学，她快步走向校门，老远看见北野，她跑下台阶，他也拔脚朝她走来。但突然，一辆警车开过来停在门边，郑易从车上下来，是来找她的。

她没再看他，郑易拉开车门，她低头坐进警车里。

到了单位，他把她带到会议室。

郑易始终没组织好语言，便去倒水，脑子里回旋着他接到的那通电话:"……有人见过她们殴打她,把她的衣服扒光,拖在地上走,周围很多人围观……"

郑易的手被冰水刺了个激灵,回过神来。

几个同事留在门外,他独自进去。

陈念穿着校服,孤零零坐在会议室里,低着头,没精打采的。

郑易把水推到她面前:"陈念?"

"嗯?"她抬起头,安静看他。

她并不紧张,也不疑惑,这叫郑易无所适从:"你在想什么?"

"现在是,快到家,的时候。"她缓慢地说。

"到家?"

"嗯。"女孩点一下头,"如果,不是来这里,我就快,走到家了。"

她低头揪着手指,没什么别的话要说的样子。

郑易:"……"

"陈念,"他沉沉呼出一口气,问,"魏莱他们,对你做了什么?"

"魏莱?"

"嗯。"

"她打了我,一巴掌。"

"还有。"他说,"然后呢?"

"我忘记了。"她轻轻摇头,"不记……得了。"

她看着他,眼神清澈而茫然。

郑易一时哑口无言,回头看一眼玻璃外的同事们,再回头时,陈念望着窗外的太阳,微拧着眉,自言自语:"吃完饭,要午睡了。席子旁边,要洒水。"

郑易走出房间,拉上门。

老杨:"估计是创伤后的自我保护,要不要找心理医生给她看看?"

小姚:"意思是唤醒记忆?"

老杨说:"罗婷她们走得早,走时魏莱、几个她不认识的女生和几个路过的男生都在,有可能嫌疑人就在那几个男生里。罗婷她们对那几个男生没印象。但或许陈念有印象。"

"那倒是。"

"她要联考了。"郑易突然说。

"啊?"

"她要联考了。"郑易又重重说了一遍。


"陈念?"

"嗯?"女孩似乎心不在焉,总望着窗外的阳光,需要郑易他们的提醒,她才会回过神来,用那双湛黑的眼睛看他们。

纯净的眼神让人相信她说的话是真实。

"你恨魏莱吗?"

"还好。"她说。

"什么叫还好?"

"你们不提,我就,不会想,起这个人。"

这回答叫人张口难言,郑易一时不知下句接什么。

陈念说完,又望向窗外了。现在十二点半,正是夏天阳光最烈的时候,空气被晒裂成细小的碎晶。

老杨问:"那现在呢,现在提起她了,你恨她吗?"

陈念仿佛再次被打扰,回过头来,说:"还好。"

"怎么又是还好?"

"我已经记,记不太清她长,长什么样了。"她的口吃似乎变严重了。

老杨也被堵了。

安静时，她忽又说："听说，死了的人，她的脸会在，活人的记，忆里，模糊掉。但没死的人他，他的脸一直清，晰，即使很多年不，见面。"

郑易若有所思，但其他人对这句话并不感兴趣。

老杨出其不意，问："魏莱失踪那天，你在哪儿？"

陈念慢慢抬起眼皮，问："哪一天？"

常用的小诡计没有生效，老杨只得说："就是你被她欺凌后的第二天。"

"上学。"陈念说。

"为什么不请假？"

"要复习，时间很，重要。"

匪夷所思，却又无言以对。

"你一整天都在学校？"

"嗯。"

应该无法撒谎，去学校一查就知道。

"晚上呢？"

"看电影。"

"看电影？"老杨眼里闪过一道光，"你选在那个时候看电影？复习和时间不重要了？"

他咄咄逼人，她慢慢吞吞："因为很经……经典。"

"你是一个人看的？"

"不是。"

"和谁？"

"同学。"

"叫什么名字？"

"李，想。"

"谁提出来的？"郑易插话。

"他。"陈念说。

这个也好查证。众人又陷入沉默，交换一下眼神，没别的问题了。

老杨走出会议室，说："这小女孩太冷静了。"

郑易："你想暗示什么？"

"没什么。"老杨寻常说，"这和人的成长环境、个人性格、个人经历有关，或者说，最近的遭遇。"

小姚问："意思是，有可能她处于一种很深的自我保护模式里出不来？"

"嗯。"老杨点点头。刚才那番问话的起因不过是既然小女孩来了，就顺带问个清楚。现在看上去则没什么大问题。"问一下学校的老师同学和那个叫李想的男生，确定她有没有撒谎。——那个，关于那二三十个嫌疑人的事，得想办法再缩小范围。"

老杨说着，和几个人走了。

郑易留在原地，返回去推开门，陈念还坐在那里，望着窗外，面前那杯水一动没动。

这么热的天，不可能不口渴。

郑易敲敲门，说："陈念，可以走了。"

他带她在食堂吃了饭，又特地给她买了瓶装水。她拧开，喝掉半瓶。饭后，他送她回家。

"陈念。"他和她说话，不经意间小心翼翼。

"嗯？"

"你有什么心事，都可以和我说的。"

"没有的。"她摇了摇头。

郑易看着她低垂的头，心里略微忧愁，可最终也没多说什么，只叮嘱她别乱想，安心复习准备考试。

陈念说"好"。

上楼时，陈念想起自家钥匙被北野拿走了。可到门边，钥匙赫然插在锁孔里。敢这么干，说明北野就在附近某处看着。

她立刻四处张望，却没找见他。

夏天的阳光四面八方，像密密麻麻闪光的鱼鳞。

她眼眶有些痛，低下头揉了揉，一瞬间觉得心酸，瘪瘪嘴，可最终又平静下去，开门进屋。

她的书本全部搬回来了，和她的衣服一起。她不能再去他那里了。他们必须是陌生人。

桌上放着两大袋购物袋，蔬菜面条零食都有；打开冰箱，里边挤满新买的水果、牛奶、果汁、汤圆、饺子。

床上的席子用水擦过，电风扇也清洗过。

陈念打开风扇，拉开窗帘。窗户大开，外面是茂密的树冠和高低错落的楼房。她回去躺下，看看窗外，这下才能安心午睡。

有人会看着她的。

陈念午觉醒来，从冰箱里拿了冰饮和一串葡萄，边走边吃去上学，进学校大门了，回头望一眼，才走。

北野立在路的尽头，见她回头看过，他才转身走开。

她的上学路早就安全，可这成了他的习惯，他的指望。

北野接到大康的电话，要找他玩。北野原想拒绝，但想了想，让他去家里。

大康嘴里叼着根狗尾巴草在卷帘门旁等他。

北野抱着头盔，拉开门进去。

大康跟在后头，屋子里还是闷热潮湿，可大康挑起眉毛，发觉异样：

"你家里变干净了?"

北野不咸不淡道:"昨天刚收拾。"

"躲你身后那小女人收拾的?"大康一嘴酸味儿。

北野淡嘲:"早甩了。"

"哟?"大康眉毛挑得老高,"为什么呀?"

"话多,烦人。"

"哦。"大康恍然大悟。但说起来这次也是稀奇。长这么大,他就没见过北野看上哪个女孩,追他的人他也一概厌恶地拒绝,白瞎了他那张脸。

既然早甩了,说明没看上吧。

大康一下倒在床上,北野皱眉看他一眼,但想起他哪回来都是这么折腾那床的,也就忍了回去。床单枕头凉席全都换过。

"北野,你说,赖子说他去广州闯荡去了,他闯荡个什么啊?"

北野拿了两瓶啤酒,在桌沿上磕开,一瓶递给他。

大康接过来灌一大口,说:"不就那天吵架气了他几句吗?竟然真走了。别看他平时闷不出气,赌起气来跟小女人一样受不了,大半夜打个电话撂狠话说告别,是想绝交吗?欸,他给你也打电话了吧?"

北野"嗯"一声。

大康喝着酒,问:"你打算去哪儿?留在曦岛,还是离开?"

"走。"北野说。

"去哪儿?"

北野不吭声,隔了几秒,说:"北京。"

"听着真高级。"大康刺他。

北野灌着啤酒,不理。

"都往外跑,就我一个真孤儿留在家乡。"大康有些伤感,"我以为我们几个会一辈子做好兄弟呢,没想到长大了都要散,都去奔东西。以前福利院的婆婆总说长大了好长大了好,这长大了他妈的有什么好?"

"是啊。"北野说,"他妈的有什么好?"

他这么一说,大康反倒扭转立场,过来给他打气:"走就走吧,好好闯。到时发达了可别忘记我。"

"嗯。"北野说,"如果走了。"

他像一棵树,想飞却生了根。

"对了。"大康想起正事儿,"老师给你打电话没?领结业证。"

"打了。"北野踹他屁股一脚,让他给他腾地儿,他也倒在床上,手臂枕着脑袋,说,"那破证书有什么好领的?"

"别拿职专不当回事,好歹能证明你学过一项技术。现在大学生都不如技工呢。"

"切。"北野说,"这话也就糊弄你。"

"真的,我都找着工作了,等几年攒够钱了就自己单干。我不像你,你大伯和姑妈都有钱,嘴上说不认你,背地里又舍不得。"

北野没反应,大康也懊恼自己嘴快,赶紧换话题,道:"欸,你听说那个雨衣人了没?好像是我们的同龄人。"

北野扭头看他:"怎么突然说这个?"

"昨天我和几个老油条去领结业证,有几个奇怪的男人坐在老师办公室上下打量我们。那眼神和气势,估计是警察。"他冷哼一声,"班主任够阴险,把我们几个不务正业的一起叫去,真把我们当嫌疑人了。我×。"

北野无话。风扇吹得他的额发掉进眼睛里,他甩了甩。

大康又道:"欸,你的结业证记得去拿啊。"

"知道。"

……………

陈念放学后做值日时,又看见了郑易,立在教室门口,却是来找徐渺的。

徐渺经过陈念身边,把手里的扫帚递给她,说了句:"本就该你扫的,我得走了。"

陈念立在原地没动。

教学楼里没人了,郑易远去的声音不大,但她听得清清楚楚。

"……你和魏莱的关系冷处理了,她也明白。我查过她的通话记录,那时,魏莱有一个多星期没和你联系,为什么偏偏失踪那天给你打了电话?"

"我不是和你说过了吗?"徐渺声音很小。

郑易说:"我不是怀疑你,我只是认为,你隐瞒了一些关键的事情。"

徐渺隐瞒的,是魏莱当时在电话里说了地点,后山;和相约的人,陈念。

陈念一点儿都不怀疑郑易的能力,第一次看见他的眼睛,她就知道这个年轻的警察不一般。

她去走廊上望,校园里空荡荡的,郑易和徐渺一高一矮,边走边说话,在花坛边停了一会儿,随后徐渺出校门上了自家的车,郑易也走了。

陈念立在空荡高耸的教学楼上,感到一股阴森的危险,有股力量在她身后推她。

她猛地回头,教室门大开,一室的桌椅,空无一人。

陈念再次看校外,街对面的冷饮店里有一个白色的身影。

陈念跑回教室,想着徐渺刚才说的话,手脚有些哆嗦。她把扫帚扔在一旁,背上书包跑下楼,冲出学校。根本不管北野了。

她走得很快,走平时不走的各条远路,七弯八绕,像摆脱什么。一直走到那熟悉的荒地上,看到夕阳像那个她看过无数次的大蛋黄。

身后脚步声追上来,她立刻跑起来,跑得飞快。可还是敌不过他。

北野冲上来拉住她的手腕,皱着眉:"你往哪儿跑呢?"

她推他,推不开;他拖着她往回走,往她的家走,可她只想去另一个方向,他家的方向。

"你今天怎么了?"他眉心成了疙瘩。

"我想回家。"她冲他喊,要挣脱他的手,挣不开。

北野往身后看,举目之处都没有人,他这才看她,说:"你家在那个方向。"

"我想回家。"她又说了一遍,更大声。

北野沉默了,看着有些失控的她,声音轻了下去,竟微微笑了,说:"你该明白我的意思啊?"

"我明白,北野,我明白。可是……"

"瞒不住的。"陈念也微微笑了,轻声说,"我杀了魏莱,瞒不住的。"

话未落,北野捂住她的后脑勺,把她紧紧摁进怀里。

"别乱说话。"他用力贴住她的鬓角,"你听着,我找到她的时候,她还没死。"

## Chapter 10　蔓延的痛意

夕阳缱绻，晚风抚动桑树树梢，树叶窸窣。

北野坐在秋千上，安静地看陈念，她抱着大笤帚在扫落叶，唰，唰，地上留下一片扫帚的细纹。

"我看见，洗手台的抽屉里，少了一个东西。"陈念试探着说，"他们说魏莱被……其实没有。是不是那个……"

两人对视着，沉默。

北野轻咬一下嘴唇，开口："但……后来知道，魏莱是真的被人强暴了。那天你伤了魏莱后，跟踪她的雨衣人控制了他。"

陈念握紧扫帚："你说的，是真的？"

"是赖子。"那天陈念看到他，很紧张。北野便知道，那晚路过了和魏莱一起伤害她的人里可能有赖子。"我们不是朋友了。他逃去了外地，之前两起案子也是他犯的。"

陈念不吭声。

"你不记得了？我给他收拾过一次烂摊子，那天你还在我家。"

"是他杀了魏莱？"陈念将信将疑。

"嗯。"

陈念蹙眉。他从秋千上起身,走过去抬手抚她的脸。她安静了,黑眼珠看着他,眉心渐渐松开。

他低下头,捧起她的脸,在她耳边低语,如同催眠:"你要相信,你没有伤人。你也不会有事。"

她轻轻发抖:"我没有杀人。"

"对,你没有。"

"你也没有,是吗?"

她近乎执着,他缓缓一笑,轻点一下头。

可她仍有隐忧,知道他有事情未讲明,是不好的事,是灾难。她相信他的话,但又觉得有些真有些假,可她不知道哪部分真哪部分假。

她莫名不安,他也是。

他们还是小小的少年啊,会害怕惶恐,但也会咬牙死撑,像野地里无人照料的荒草,拼了命去生长。

傍晚,两个少年翻过窗台,沿着楼梯爬上去,并肩坐在楼顶眺望红尘蔼蔼的曦岛,西边的天空余晖散去。钟声响起,火车在暮色中轰鸣而过。

有一种隐隐的预感,大难将至。

他问:"小结巴?"

她答:"嗯?"

他问:"你最想要的是什么?"

她说:"你知道,不是吗?"

北野说:"知道。但想听你说一遍,说出来。"

陈念说了,扭头看他。

北野说:"听到自己说的话了吗?"

陈念说:"听到了。"

"好。你以后还会遇到。"北野说,"但你记住,我是第一个。"

陈念的胸口压了一块大石,轻声问:"你呢,北野?"

"嗯?"

"你最想要的是什么?"

北野也说了,他讲得很慢。陈念听着,眼眶在风中红了。她想看他,和他对视,但他低下头去了。

他拨弄着吉他,说:"小结巴,给我念一首诗。"

陈念念诵他指定的那首:

"我想和你一起生活

在某个小镇,

共享无尽的黄昏

和绵绵不绝的钟声。

在这个小镇的旅店里——

古老时钟敲出的

微弱响声

像时间轻轻滴落。

有时候,在黄昏,自顶楼某个房间传来

笛声,

吹笛者倚着窗户,

而窗口大朵郁金香。

此刻你若不爱我,我也不会在意。"

一滴泪,穿过昏暗的暮色落在本子上。

北野歪头看她低垂的头,看了很久,浅浅笑了,却什么也没说。继续拨弄吉他,看见手腕上的红绳,我想和你一起生活,在某个小镇,共享无尽的黄昏,和绵绵不绝的钟声。

遥不可及，那我想变成一把钥匙，用红线穿了，挂在你脖子上，贴在心口的位置。

他从兜里摸出那把钥匙，放在她手心，说："不要让别人看见了，会给你造成麻烦。"

她的手攥成拳头，说："好。"

谁都隐隐预感，诗里边安静的日子，不会再有了。

第二天离家时，北野对陈念说："晚上六点，走过我们第一次见面的巷子拐角。不要去太早。掐着时间点经过。"

"为什么？"

"按我说的做就行。"

陈念没再问。

到学校后，发现出事了。警方开始在学校后山进行地毯式搜查。

课间，陈念去交作业时，徐渺跟在她身边，低声说："对不起，陈念。我什么也没说。但那个郑警官太厉害，他居然从魏莱的一通电话推断出她的想法。"

原来，郑易一直对魏莱打给徐渺的那通电话有所察觉。徐渺被家长看得严，放学就回家，没有和魏莱玩的机会。两人关系在冷处理期，很久不联系了。

可魏莱失踪那天，她给徐渺打了个电话，通话时长不到半分钟。

郑易推测，魏莱原本就要去学校附近，因靠近学校而无意中想起联系徐渺，才给她打了电话，或许想约徐渺出来见一面。

他甚至推测，见面的地方就是后山。她也知道徐家父母看徐渺看得严，在校外不可能见面，在校内，就只有学校后山，那是死角。

陈念摇摇头："不要紧。"

徐渺说:"之前你被欺负的事被警察知道,刚好撞上她失踪死掉,被打扰得没心思学习了吧?"

"还好。"

"也不知道后山调查得怎么样。希望没人见你去过那里,也不要跟电视里演的一样查到什么头发丝之类的,不然你麻烦一堆。你放心,我只说魏莱约我去后山,没说她约了你。"

陈念没答话。

一整天,她时不时看后山,即使徐渺没说,警察会在那里发现什么,血迹,脚印,头发,纤维?多天前的暴雨冲得掉吗?

如果找到和她相关的证据,她会立刻被带去公安局,接受更高强度的审问,就看她熬不熬得过。

或者,如果发现关键的证据,她就直接完了。

此刻,北野在做什么?

职专的老师快下班时,办公室外传来震天的摩托车刹车声。

不羁的少年摘下头盔,暗中扯松了衬衫袖口的纽扣,他几步跃上台阶,随意敲一下门,不等应答就进了办公室。

老师望着门外的摩托车若有所思,蓦地想起前天警方交代过的"雨衣人"描述,他这儿有好几个符合的,但那天几个便衣看过后也没给个准信,没想到今天又来一个。

北野的身世,那样的父亲母亲;这样的孩子受同龄人排挤,融不进圈子里;他长得好看,读书时总有女孩子追,但他态度恶劣得很,像骨子里厌恶女性一样。

"老师。"北野声音微冷,不太耐烦。

"哦。"老师回过神来,"领结业证啊。"他在柜子里找,边找边搭话,"你这段时间旷课有些多。"

北野理也不理。

老师最终把结业证翻出来,还要多说点什么,北野皱眉去夺,猛一伸手,袖扣崩掉了。小手臂上赫然几道深深的指甲抓痕,还有新的刀疤。

老师这才意识到,大热天的,他居然穿着长袖衬衫。

但老师迅速收回目光,仿佛什么都没看到,说:"结业了,以后好好找工作啊。"

"嗯。"北野很冷淡,转身走了。

老师冷汗直冒腿发软,一下坐到椅子上。听见摩托车声消失了,才慌忙拿起电话报警。

陈念的手机贴身装着,一整天都没振动,她并不惶恐,却也并不平静。如果后山上找到和她有关的人证物证,郑易会打电话来的,或者直接来人。

放学铃声一响,她就冲出学校,门口没有郑易。

看来今天没有什么发现,可明天后天呢?

门口也没有北野,不过他们约好在另一个地方见面。她喘着气,快跑到初遇的那条巷子时,离六点还差十分。

她在附近弯弯绕绕,生怕有人跟着她,却也不知道在躲什么。

快到六点,她跑去那个巷子口。

无人的深巷,陈念盯着表盘,最后一分钟,还差十秒。

她像一个逃亡的难民,等待黎明的船只。

一秒,两秒……

突然,远处传来嚣张而熟悉的摩托车响,陈念立刻回头,眼中迸发惊喜,如同见到失散的至亲。可车上的少年没有减速,弓着腰在车背上猛加油门,朝她扑面冲过来。

势不可当,他把她掳上摩托车,疾驰而去。

她像一个麻袋趴在车上,书包里的课本倾囊而出,洒落一地。

陈念颠簸得头晕目眩,不知过了多久,急刹车,她被他扛在肩上。

车,桑树,落日,秋千,楼梯,卷帘门,稀里哗啦流水一样在她面前旋转。

又回到那个昏暗的散发着闷热和潮湿木头气味的屋子里,他一把将她扔在床上。

他压上去,捧起她的脸,吻她的嘴唇,动作粗暴,她又蒙又慌。

窗帘遮光,云层盖住夕阳,室内微醺的漆黑里,她看不清他的表情,却感觉到他的躯体很紧张,在发抖,像一把绷紧的弓。

"警察马上来。"他抓住她的领口,猛地一撕,布帛裂开,令人心抖。

她惊愕,突然好像明白了。

你骗我?

她张着口,成了哑巴,一句话出不来,不停摇头。

"听着,我很抱歉,"他声音微哽,力量全用于固定住她的脑袋;他把手上的红线拆下来系在她手上,"对不起,我以为会天衣无缝。"

他以为,找不到魏莱的尸体,他们就不会被发现。他把案发现场打扫干净,血迹用土埋了;他把魏莱运到人迹罕至的三水桥上游,埋进淤泥。

可手上的红绳松了,左手手指去勾,没想手中魏莱的一只鞋掉进水里。那晚暴风骤雨,帮他掩盖了抛尸的车辙,却也使他无法下水去捞。

即使你做了所有的计划和安排,仍有一个词叫意外。

而谁又能料到,三水桥会在暴风雨的夜里垮掉。

"这是天注定的意外,我不难过。"他说,带着赌命般的决绝。

因为也是天注定的意外,让我遇见你。

公平。

"不行。"她摇头,"不行。有……别的办法……"

"没有。"他狠狠蹙一下眉，眼中水光一闪而过，冒出嗜血的疯狂，像要把她看进骨子里，"不是赖子，我是那个雨衣人。"

她根本不受骗，摇头："不是。"

"是。"

"不是。"

"是。"

"不是。"

"是！"

"不是！"

"……"

"……"

他恶狠狠看着她，几乎要没了辙。

"那天晚上，你醒来，听见水声，你知道我在洗什么吗？"他在她耳边低低说了句话，一个秘密。

她瞪大眼睛，极其痛苦地"呜"出一声，用力捶打他的胸，拼命摇头。

"谁准你为我做这些，谁准你？"

他们揪着对方，像要把对方掐死。

他用布条缠她的头，捂住她的嘴，警告："你想跟我一起毁掉吗？不想就听我的，明白吗？"

她咬着布条，呜呜地摇头。

他热烈地吻她的脸。

夕阳突然明媚起来，透过窗帘缝，刀一样切在他们的身体上。

她泪湿眼眶。

警笛声划破天空，别离的时间到了。

他松开一点她嘴上的布条："喊救命。"

她不喊。

他狠狠咬她的脖子,像要把她的肉撕下来,她痛得眼泪溢出。

他眼中的泪光聚了又散,散了又聚。

警笛声近了,来不及了,他把她揪起来:"小结巴,我生下来就是块垃圾,废物,我这一生注定一事无成;你还有北京,可我注定不会是你生命中的那个人,不会是与你匹配的那个人。所以你记住,你没什么可遗憾的。

"而我呢,没办法,我喜欢一个人,我只想保护她,把她藏起来,任何人都碰不得,说不得,欺负不得;谁都不能说她一句不好。——就这一件事。

"我不在,你要撑住,一定要撑住。"

车辆紧急的刹车声在楼下响起,他瞬间露出凶光,几近狰狞,把她压倒在床上,寒声:"喊救命!"

陈念咬牙,盯着他。

他扯她的衣服,布料撕扯成稀巴烂。

"喊救命!"

她死不吭声,眼红如血。

一连串脚步声沿楼梯而上。

他红了眼,点燃打火机戳在她脖子后边。她痛得蜷成一团,在他身下打滚,床板踢得哐当响。

他来真的了,疯了一样逼她。她痛得眼泪哗哗直流,痛恨地盯着他,就是不吭声。

两人倔强斗狠的眼神要把彼此千刀万剐。

厮打中窗帘扯下来,霞光红透整间屋子。

敲打声在卷帘门铁皮上震颤,是入侵的号角。他们在外边喊:"开门！""举起手来！""你已被包围。"

嘈杂混乱中，北野突然掰过她汗湿的脸。

四目相对，她潸然泪下。

少年嘴角渐渐往下弯，像是心酸得要哭，最终却笑了，他喉头微微动着，像有一生的遗言哽在里边，半晌，只说：

"小结巴，等你长大了，不要忘了我。"

如一把刀刺中心脏。陈念嘴唇发颤，肩膀耸动，脸庞皱起像初生的婴儿，发出一声极其痛苦的惨叫：

"啊！！！"

卷帘门破开，如撕裂的布料，警察冲进来。

少年搏命般搂紧女孩，咬她的唇，她也狠狠咬他，血腥味涌进口腔。警察将他们包围，却撕扯不开胶在一起的两人。

他死握着她的脖子，外人看着像要把她掐死。

"放开她！"

"你已经被捕了！"

"北野！放弃抵抗！"他们都知道了他的名字。

"救命！"

他们抱在一起，咬在一起，嘴唇破了，流出鲜血；他们厮打，挣扎，最终，被闯进来的人分开。她像一个布娃娃，被抢夺离开他的怀。如同从他胸口撕下了一层皮，一块肉。

一个女警迅速上前把陈念保护在怀里，盖上衣服。

陈念惊恐地盯着北野，眦眦欲裂。

他们踢打他，反拧他的手，揪着他的头发把他摁趴在地上，如同第一次见面，他的脸被碾进尘土里。

无数手脚压在他单薄的后背上，少年被制服，铐上手铐。

他脸贴地,黑眼睛盯着她,一眼不眨,像要看出血。

"看什么看?!"

一巴掌打在他头上,他眼神倔强。

女警把她搂进怀里安抚:"你安全得救了,别怕,没事了。"

这一句话,陈念崩溃在地,号啕大哭。

……

……

——小结巴,你最想要的是什么?

我想要的,不过是一个护我周全、免我惶苦的人;

让我在长大之前,不对这个世界感到害怕;

仅此而已。

## Chapter 11　扑朔迷离

"我什么也不知道。"

陈念耷拉着眼皮，没什么精神的样子。

她裹着件警察的蓝衬衣，身体瘦小，像雪糕包装袋里吃剩的雪糕签儿。

对面两男一女三个警察，郑易、老杨和一个姓姚的女警，还有一位临时请来照顾陈念的女律师。

"就是没有印象对吗？"小姚警官轻声问，毕竟面前是个惊魂未定的无辜小女孩。

陈念仿佛怔忡很久，垂下脑袋，白色的手从宽大的袖子里蜿蜒钻出来，孩子般委屈地揉了揉眼睛，红通通地看着他们，问："是……我错了吗？"

"不是这个意思，"小姚立刻说，她看一眼身边的老杨，又说，"我们认为，这位嫌疑人有跟踪被害者的习惯。"

女孩垮着肩膀，蒙了一会儿，仿佛一场劫难后她的反应迟钝了很多，好久才开口问："为……什么？"

小姚一时没接话。照老杨的分析，雨衣人缜密谨慎，屡次成功得手，他对目标应有一定的了解。而了解最简单的方法是跟踪。但这不是小女孩该知道的内容。

"这是我们的线索。"她说,"他应该跟踪过你,所以才问你对他有没有印象。"

陈念摇了摇脑袋。

"你能再复述一遍事情的经过吗?"小姚声音尽量柔和,"别害怕,我们已经抓住他了。他会受到法律应有的惩罚。"

陈念又呆了一秒,才缓缓地点了点头。

郑易始终观察着,这一刻,才开口:"慢慢说,不要急。"

陈念看他,他眸光深如往常,看不透想法。

她又说了一遍,她走在回家的路上,突然被掳上摩托车,堵住嘴,带去废弃的工厂,北野把她扔在床上,撕她的衣服,再后来,警察就来了。

老杨和小姚没什么要问的了,郑易说:"你对他没有任何印象?"

陈念摇头。

"没有任何交集?"

陈念还是摇头。

"那你对这个电话号码有印象吗?"郑易递一张纸到她面前,是北野的电话。

陈念看了两秒,似在回想,终于又摇头。

"这个电话给你发过短信,你也拨打过这个电话。"郑易说,观察着她。

"有吗?我没……印象,"她问,"什么时候……的事?"

"魏莱失踪的前一天。"

陈念蹙眉,似乎想了很久,才眉心展开,说:"是他先给我……发短信,说,迟了。陌生号码,我打去问,没人接。我就,没管了。"

"他为什么得知你的电话,给你发短信?"

"我不知道,"陈念茫然,"这不该……问他吗?"

不对，在那天之前的很多天，陈念的手机还拨过一次那个号码。

起始端在陈念。

郑易目光盯着她，仿佛即将要揭穿她在撒谎，她却想到什么，说："我好像……对他有印象。"

"什么？"

"有次，在路边，他借我的手机……打电话。好像。我不确定，是不是他。"

这和郑易查到的相符合了。

北野和陈念的电话号码间，仅有一条短信和两通未接电话的联系，再无其他。陈念给出的解释很合理。

想想都觉得不可能，一个成绩优异的高中生，前途无可限量；一个职专的混混，弄个结业证就准备打工去了。哪里会有交集？

陈念却晃了晃神，耳边响起他的话："你要撑下去。"

小姚把笔录和笔递给陈念，让她签字。她看见自己手腕上系着红色的绳。

陈念拿起笔，在纸张末尾写下耳东陈，今心念。

她看着自己写出"今心"，一上一下拼凑在一起，越看越不像念，不像一个汉字。

从隔间走出来，郑易脚步微顿，老杨回头："发什么愣呢？"

"没事。"郑易扯扯嘴角，说，"我原本怀疑后山是案发地，以为再持续几天会找到关键证据，杀人时的挣扎应该会导致凶手留下衣服碎屑或头发之类的东西。"

"但魏莱死了快一个月了。"老杨说。

"后山人迹罕至，该保留的或许保留了呢。"郑易说。又道，"不过，没想到我这条路走错了。最终赢的，是你的嫌疑人画像。"

"你倒感触挺多，赶紧进去吧。"

到了北野那边，事情同样进展顺利。

他们在北野家附近的垃圾堆找到关键的物证：烧毁但未烧尽的雨衣，带有魏莱血迹的男生衬衫，但作为凶器的刀没找到。

北野对他犯下的罪没有半点隐瞒。

"你对受你伤害的第一个女孩子有什么印象？"

"没什么印象，好像胸挺大。"北野表情沉默，却有问必答，说，"第一次干这种事，很紧张，她很害怕，没有反抗。说让我不要打她。"

这与老杨、郑易他们已知的情况一致。问及第二个报案的受害者，北野给出的描述也符合。除此之外，他甚至说出了一位没有报警的警方不知道的受害人。

铁板钉钉，基本确定北野就是那个雨衣人。

"为什么行凶时穿着雨衣？"

"不是因为下雨。"

"因为什么？"

"不容易留下证据。"北野说，"我担心她们挣扎时从我衣服上揪下什么东西。"

够谨慎的。

说到魏莱："你怎么注意到魏莱的？"为何前几个受害者是清纯型，魏莱却不是。

"在街上总碰到她，打扮很成熟，慢慢有点兴趣，觉得可以换个不同的类型。"

"她失踪那天，你跟着她？"

"对。"

"具体情况。为什么案发时间从夜晚变成白天？"

北野垂下眼皮，又抬起来，精神说不上好或坏："一开始只想跟踪她，了解她的行踪后，再打算哪天晚上行动。但她晚上一般和朋友一起，很少独自一人。那天白天，我跟着她去了一中后山。山上人很少，觉得很合适。"

郑易旁观着，北野的回答滴水不漏。

"案发地是后山？"

"是啊。"

"……继续。"

"我听见她给一个朋友打电话，让她出来。当时我准备走的，觉得时机不对了。可后来听她讲话，好像她的朋友不肯出来，时机又来了。"

这一刻，他说出了关键的信息，全是外界不可能获得的信息。

老杨："你说一下那通电话的内容。"

北野大致复述了，和他们掌握的分毫不差。

"为什么杀她？"前几次都没杀人，行为不符啊。

"本来不准备杀的。那天我戴了口罩，但她把口罩扯下来，看见了我的脸，说会报警。我一时也没多想，就下手了。"

死者的指甲缝里有口罩纤维。

"几刀？"

"一刀。"

"在哪儿？"

"好像是这里……"北野在胸口比画，是肝脏的位置。

一切都符合。

他说他杀完人后又慌张起来，想着被人发现就完了，所以趁天黑暴雨跑去偏远的三水桥上游把她埋了。

郑易突然问:"为什么把她的衣服扒光?"

北野转头看他,说:"我以为她会很久之后才被发现,比如一年,两年。穿着衣服,容易暴露她死时的季节。毕竟,失踪也有可能是被人拐走,或者囚禁。"

这句话几乎叫老杨和小姚"刮目相看",他居然缜密到连这个细节都能想到。

郑易想从他的眼神里判断出什么,可面前这个少年,没什么表情,不是平静也不是焦躁,不是冷漠也绝不温和。

他没有散发出任何气息或信息可供人判断研究,除了他嘴里吐露出来的话语。

"她的衣服扔去哪儿了?"

"烧了。"

"在哪里烧的?"

"河边,浇了摩托车里的油,灰烬扔进河里。"

无处可查了。

"凶器呢?"

"也扔进了河里。"

"具体哪个位置?"

"南城区下段的旧码头。"

小姚记录在案,到时会有人去尝试打捞。郑易又让他描述了一下凶器的材质和形状,与尸检报告的伤口基本吻合。

郑易想着什么,冷不丁忽问:"为什么把她埋在三水河上游的沼泽淤泥里?"

"随便选的啊,那里一年半载都没人去。"北野哼一声,"还以为一辈子不会被发现呢。"

郑易没再说话，心事重重。高温高热的天气，死了二十多天，魏莱的尸体竟保存完好，身体上的证据完全没破坏，只因沼泽淤泥的天然密封酸性环境。那在法医眼里简直是块宝地。

只是巧合吗？

魏莱的死亡案问完后，到下一个。

郑易问："你是怎么注意上陈念的？"

"她是个结巴。"北野说。

"嗯？"

"有次在路边，听见她说话结结巴巴的，觉得好玩就回头一看，长得也不错。"他说着，难得显露出半抹轻挑，带着痞气，一如他们见惯了的少年犯。

"为什么把她带回家？"以前你都在外行凶，为何这次改变。

"不够刺激，没什么趣味了。就想光天化日地把她抢走，带在我的地盘里藏起来。她看上去很乖很软，很适合抢回家。"

是啊，他原以为她很笨，是个软咚咚的差学生，和他挺配的。

后来发现她聪明极了，还很硬，于是和他更配了。

郑易看一眼老杨，后者认为北野的心理变化很合理，是一个渐渐升级和挑战的过程。

郑易继续问："有准备杀她吗？"

"看情况。"

"看什么情况？"

"开心就留着。"

郑易冷不丁问："可她也看到你的样子了。为什么杀魏莱，却不杀她？"

北野停了一秒，直直地看着他，说："她不会报警。"

"为什么？"

"我听到魏莱给她朋友打电话的内容，正好在讲她。她被欺负惯了，不会报警的，反正也没人保护得了她。"

北野说后半句时，放慢了语速。

郑易觉得一个个字像子弹连发打在他心上，好似他这话是故意说给他听的。怎么可能？他们都不认识，是他心虚想多了。

但他思路依然清晰："魏莱讲电话时，除了提到欺负陈念，有没有别的事？"

"没有。"

"有没有提到别的人会来和她见面？"

北野看着他："没有。"

郑易转了话题，问："你知道陈念的电话号码？"

"对。"

"怎么拿到的？"

北野想起那天送陈念去上学前，把陈念的手机夺过来，输入自己的号码拨出去，告诉她说，有事就打电话。但那件事后，他偷删了陈念手机里自己的号码，当时，他看见她把他的号码存为"小北哥"。

此刻坐在审讯室里，他还清晰地记得当时愣愣的心情。

他说："我在路边拦住她，撒谎说没带手机，借她手机打个电话。"

"打给谁？"

"当然是我自己。"他挑眉，"不然怎么弄到她的号码。"

"给她发的那条短信是什么意思？"

"没意思，逗一下。"

"她给你回了电话？"

"是。"

"为什么没接?"

"静音了。"

"后来怎么不回过去?既然感兴趣,为什么不继续?"

"刚好我妈来找过我,心情不爽,觉得什么都没意思,就没回了。"

他答完,郑易又几秒没继续问话。这句话的真实性很好求证,到时他们会问询他的母亲。

而提到母亲,老杨发问了:"你对你母亲从事的事情有了解吗?"

北野头微垂着,抬眸看他,眼皮上抬出一道深褶,居然有些似笑非笑:"全城都知道,我凭什么不知道?我是目击者,她做的事,你们听说过,而我看过。"

审讯室一片静默,多少有些不忍,或者难堪。

老杨接触过不少年轻的案例,心叹孩子都是父母身上结的果。

"你憎恨女性吗?"

"算是吧。"

"给受害者实施性侵时,你在想什么?"

"什么也没想,就想这么干。"

"受到你母亲影响吗?"

"我怎么知道?"

"对你母亲有什么看法?"

"希望她死。"

老杨沉默了一会儿,又问:"父亲呢?"

"他早死了。"

"你对他的看法呢?"

"死了好。"

"你都没见过他。"

"可他生了我。"

又是一片沉默，老杨声音轻下去："你厌恶自己的生命？"

"的确没什么意思。"

有一个强奸坐牢而早逝的父亲和一个妓女的母亲，一路成长的环境可想而知。

"对周围人呢？"

"和我没关系。"

"欺负过你，嘲笑过你的人呢？"

"也可以都死掉。"

又过了一会儿，身世，福利院，父亲母亲，同龄人的态度，对社会的看法，各种问题都问完。如同剥了一层皮。

证据确凿。

老杨虽是见惯了这类悲剧，却也仍然为这个少年的命运唏嘘。

最后："你承认你是雨衣人，承认你犯下对××和××的强奸案，对魏莱的强奸杀人案以及对陈念的强奸未遂案吗？"

"是。"北野回答。

小姚把内容整理了一下，在律师的全程监督下，他录了笔录，签字认罪。

北野拿过笔，想也不想，利落地在末尾签上自己的名字。

盖棺定论。

郑易看着，心内五味陈杂，忽问："你后悔吗？"

北野起先没答，过了一会儿，反问："后悔能减刑吗？"

"我对这个人有印象。"李想指着北野的照片，急切地说，"就是他。"

"你见过？"

"他一直在跟踪陈念啊。"

郑易和老杨对视一眼,又看看班主任,后者问:"你看清楚了?"

"当然清楚,我见过他两次,鬼鬼祟祟地跟在陈念后边,她都没发现。"李想对警察详细描述了两次和陈念同路的情景。

之后,郑易点点头,示意他可以走了。

老杨翻开本子做记录,客观证据又多了一笔。

而后徐渺也来做证,说在校门口见过北野,他一直盯着她看,似笑非笑。因他是个长得好看的男生,她还以为他对她有意思呢。

徐渺说:"原来他是在物色目标。"

更多的证据证明他在学校附近徘徊,用目光挑选女生,甚至跟踪。

雨衣人被抓的消息在同学内部传得沸沸扬扬,去过教师办公室和警察对话的同学如李想和徐渺,一回到教室便被人团团围住,打听情况。

陈念坐在座位上背书,充耳不闻。离联考只有两天。事到临头,她对这场考试却没了半点期待。

中途,听到同学们议论:"被关着呢。不能看望,不能探视。"

"不过他没爸没妈的,也没人去看他吧。"

"谁说他没了?"

"呵呵,说起他那爸妈,老鼠生儿会打洞,强奸犯的儿子也是强奸犯。"

"还升一级,变成杀人犯了。"

语言够神奇,听着文明,句句戳脊削骨。

陈念从座位上起身往外走,迎头撞上李想,他替她劫后余生地感叹:"陈念,我当时就说那个男生在跟踪你吧,你还不信。"

陈念脸色苍白,面无表情。

全校都知道她差点遭遇"不测",同学们轮番上前来安慰,一拨又一拨,安慰了便开始询问她是怎么被掳走、带去哪儿、经历哪些、又怎么被解

181

救的。

关心与安慰是真切的,猎奇与打探也是真切的。

陈念一概不答,小米给她挡,把前来提问的"记者们"赶走。

此刻李想说出这句话,小米警示地瞪了他一眼,李想又暗恼失言,赶紧道歉。

陈念出了教室。

可到哪儿都不得安生,上走廊就遇见正好从班主任办公室出来的郑易等人,想躲开已来不及。

郑易让老杨他们先走,过来看看陈念的情况。她倒是平平淡淡的,精神不好也不坏的样子,像极了往常的她。

他照例问了几句学习情况,她不温不火地回答。

末了,郑易说:"别被最近的事情影响,沉下心来准备考试,也别给自己太大压力。"

陈念垂着脑袋,点了点头。

郑易想起送她上下学的那段时光,他说什么,她也很少回答,总是点头或摇头。但那时候的她不是这样的。那时他能感受到她的心情,安心又隐约开心;不像现在,沉寂如死水。

他低头看她,忽然发觉她的马尾没以前梳得好,很多碎发零落下来,毛茸茸的,像株耷拉的向日葵。

她没说话的兴致,他也担心在这儿给她压力,便说:"我先走了,等你考完了,请你吃饭。"

陈念却抬起头,问:"那个人……"

她欲言又止,他等着。

"会坐牢,吗?"

"肯定会。要不是因为年纪,估计是无期或死刑。"郑易说,定睛看着她的眼睛，她于是说："那，真遗憾。"

郑易又说："魏莱死了，但罗婷她们几个，我会管。"

陈念没说话，脸一如既往地苍白，没有波动。

郑易走下楼梯，又觉得讽刺。

他曾处理过曾好和魏莱"闹矛盾"的案子，还有未成立的胡小蝶案，当时罗婷她们几个和魏莱一样不服管教。但这次，魏莱的死震慑到了罗婷等人，她们收敛了。

"郑警官！"一声招呼让他回神，是曾好。

曾好对他印象好，热情地打招呼，郑易寒暄几句，无非是鼓励考试的话。

说到最后，问："陈念这段时间状态还好吧？"

"遇到那种事，都会有些低落，不过她原本就话少，很安静。所以看上去也没什么变化。"曾好想了想，说，"陈念是那种很善于隐藏情绪的人。"

郑易点头算是了解，又道："你们是同学，快考试了，帮她打打气，鼓励鼓励她。她和你一样，也被欺负过。"

"我知道，我和她是一伙的。"曾好说，想起什么，又道，"不过，魏莱应该没给她留什么阴影。"

"怎么说？"

"感觉啊。"曾好道，"以前魏莱没失踪的时候，我因为和魏莱'和好'，那时所有矛头都指向陈念，我向她道歉。可陈念说，有人保护她。"

郑易一愣："什么时候说的？"

…………

郑易痛心且自责，他不知道陈念说的那个人是否是他，但他并没能完好地保护她。

他能清楚地感到，陈念对他设防了。

这案子分明要完了，却总给他一种说不清的扑朔迷离。

他走出楼道，站在艳阳下用力吸了很大一口气。

头顶传来年轻的笑声。

郑易抬头看，教学楼上很多学生在撕书，花花绿绿写满字迹的纸飞机漫天飞舞，把阳光切割成一片一片的。

少年们笑着，闹着。青春，多好啊。

…………

郑易带人把北野家搜了一遍，并没发现什么新的线索，除了几根疑似陈念的头发。考虑到陈念是北野的攻击目标，且被北野带回家过，这算不上什么证据。

郑易又特意翻了下北野的书，没几本，都是漫画。

他大致推断出北野日常的看书类型，再想想藏尸沼泽地这件事，他渐渐打消了北野为完好保存尸体证据而选择那里的怀疑，他觉得这小孩应该想不到这点，或许正如北野所说，只是路远人少不容易被发现而已。

郑易想起老杨和他说过一个案子，曾经有个犯人杀人后想着不被发现把人埋在沥青里，万万没想到过了许多年尸体都没腐烂反而完整保留了证据使他被抓。

现实里总有些意料不到的天网和天谴，让犯罪者措手不及。

正如北野，只想着沼泽不会有人前往，却没想到尸体与证据竟被保存完好。

回到局里，遇上老杨带着前两个受害的女生认人，郑易问："指认结果怎么样？"

老杨说:"那两个女生都说,感觉北野的身型很像侵犯她们的那个人。"

郑易默然半刻,说:"把笔录给我看看。"

前两个强奸案受害者写着:"……好像是他……当时很乱,感觉不确定……很久了……有些像……"

郑易说:"只是'像'而已。"

老杨打量他一会儿,搭上他的肩膀:"郑易,你对这个案子,是不是有所保留啊?"

郑易实话实说:"感觉很怪,前期怎么都查不出线索,可后期就跟开闸放水一样顺利。"

"你经验少。"老杨说,"很多案子都是没法用常理解释的。有的嫌疑人硬气挣扎审多少次调查多少遍,都敲不出关键破绽;有的嫌疑人对案件持无所谓态度,一旦被抓,什么都吐出来,不为难警察也不为难自己。"

"这我知道。每个人的人生态度不同。"郑易说,"但老杨啊,我觉得,我们还是得把后山地毯式搜查一下。上次搜后山的计划,被嫌疑人的突然抓获给打断了。"

"你要翻整座山?"老杨说,"三天前我们就带北野去后山指认案发地点了。鉴证组的同事挖了土,从土壤里检验到了血液反应,土里边还有北野的头发,当初掩埋血迹时,他没注意,掉了根头发在里边,证据更确凿了。"

郑易听他这么一说,哑口无言。好半天了,自言自语问:"但要是还有别的地点呢?"

老杨没听清:"什么?"

"没什么。"

老杨见他还有心事，说："还有，扔在河里的那把刀打捞到了，凶器与死者伤口完全吻合。不过在水里泡太久，提取不到什么了，但刀刃上仍然有微弱的血迹反应。鉴证科正在努力看能不能确定是人血，运气好或许能确定血型。

"——陈念那次当场抓获，加上他本人承认，各种描述都符合，你还怀疑什么？"

"还有一件事我不明白。"

"什么事？"

"他谨慎周全到能把死者的衣物都清除，为什么沾了死者鲜血的衬衫和那件雨衣还留着？"

"没有留啊。衬衫和雨衣都是我们在厂区附近的垃圾堆找出来的。被烧过，费了好一番工夫取证呢。"

"这个丢弃范围也太近了。"

"我问过他，他说当时清理衣物时无意之中漏掉衬衫，后来时间过久了也没动静，以为没事就放松了警惕，在家里烧了扔出去的。"

这解释也合理。

可郑易仍觉奇怪，总认为他烧东西也应该烧得渣儿都不剩，而不是留下细小却致命的证据。

但，这或许是他想多了。

这案子的确要结了。

雨季过去很久，天气越来越热。

6月7号那天，气温达到38摄氏度。考场里空调或风扇调到最大，考生们倒不受炎热天气影响。

就在北野的案件将要画上句号时，郑易开始调查陈念受欺凌那天过路的人，和魏莱一起消失的男生，他隐约认为魏莱的失踪和那件事脱不了干系，偏偏那件事的过程一片模糊。

除此之外，他也开始调查北野的朋友。

北野读书的那个班早散了，同学们各奔东西，老师对他评价很差，几乎就是老杨描述的犯罪画像、孤僻冷漠，等等。

但郑易还是零散地找到了福利院的阿姨和几个同学，打听到他关系比较好的朋友有两个：大康和赖子。

赖子去广东了，大康留在曦岛，已经找了个汽修店上班。

6月8号，时近中午，郑易顶着烈日找到那家修理店，大康正在修车，听他说明来意后，立刻翻脸要把他赶出去，甚至破口大骂："你们都是吃屎的！"

"什么强奸犯？他根本就不是那种人。你们那个什么破犯罪标准，满足那标准的人我认识一堆，怎么不全抓去？就因为他爸妈身份不好你们就歧视他。他爸爸生前是犯人，所以他就得是吗？"

郑易拦住他，说："他自己承认了。"

大康道："一定是你们逼迫的。"

"这不是古时候，没有谁逼他。我来找你也只是想把这件事调查得更清楚。"

然而，大康除了主观上认为北野不是犯人，也没客观证据。郑易特地问了几起案件发生的时间，偏偏案发时大康并不和北野在一起，他也想不出不在场证明。

郑易问："另一个朋友叫赖子的呢？你打电话问问。"

"赖子啊，"大康拿扳手拧着螺丝，没好气地答，"早就联系不上了。和他吵过一架，他气性大。"

郑易对赖子有印象，当初老杨那串二三十人的嫌疑人花名册就有这个叫赖子的少年，身高体重各类信息都有。说起来他们三个，高瘦还真差不多。

他觉得自己又得无功而返,走出汽修店,脑子里却莫名划过一丝古怪。他从手机里调出一张照片,走回大康面前,问:"你见过这个女生吗?"

大康拿手抹一下头上的汗,留下一道黑油印,他眯着眼看了一会儿。照片里是一个穿校服的女孩,梳着马尾,胳膊小腿细细的。

"我不确定是不是她。"

"她?"

"嗯。这个女的我好像见过。"大康说,"小北说,他差她的钱。很多钱。"

# Chapter 12　　守护的爱

6月8号中午，校外聚集了成群等待孩子考试完毕的家长。

郑易也站在人群中，看看周围家长紧张焦急的神情，再看看自己，有些滑稽。

大康也没能提供什么线索，他只说北野好像接触过一个女孩，但他连那女的长什么样都没见过。

考试散场，学生如潮水涌出。郑易很少见到这样的场景，每次他来接陈念，都很晚了，学生散了，学校也空了。

刚考完理综，考生们看上去不太轻松。没家长等候的径自回家，有家长等候的在人群里寻找父母的身影。

郑易望着学生们，些许眼花，无意间看见校外的李想，他并没参加考试，在附近转悠。

郑易原准备下午去找他重新问问题的，现在碰上了，招手把他叫过来。

李想说，他闲着没事，来体验体验考场周围的气氛。又问："郑警官，你在等陈念吗？"

郑易点点头。

"不会又是案子吧？"李想一脸无语。

"不是。"郑易笑了笑，问，"看你这表情，反感我来学校啊。"

李想不好意思地揉揉脑袋："那是因为你每次都是来找麻烦的。"

"这次不找麻烦，请她吃顿饭。"

李想叮嘱："别问考试，学生最烦问这个。"

郑易说："好。"

"对了，罗婷她们准备怎么弄的？"

郑易停了一两秒。

目前罗婷等人的交代还不够全面，等证据确凿，自然会处罚。当然，与被欺辱者受的伤不能成正比。可处罚的意义不是报复。郑易会申请心理干预，到时他亲自监督，保证这群孩子和他们的父母一起接受心理咨询或治疗，不论花多长时间。

郑易没法解释，只说："放心，我会负责到底。"

郑易想起准备下午去问他的话题，觉得现在问更自然，便说："李想。"

"嗯？"

"你和陈念同路两次？"

"对。"

"你平时是个敏感的人吗？"

"敏感？不是吧，我挺大大咧咧的。"

郑易问："只有两次同路而已，为什么你能察觉有人在跟踪陈念？"

李想一愣，过了片刻，说："因为有一次我和他不小心撞到了。"

撞到？

郑易微微蹙眉。

再想想徐渺，说北野对她笑得很邪气。他为何如此明目张胆？

李想说要走了，郑易拦住，问："对了，你请陈念看过电影？"

"魏莱失踪那晚吗？别的警官早就问过我了。"李想大方地说，"是我拿到票了主动找的她，不是她找的我。"

"我听同事说了。"郑易说，"但，那是你们第几次一起看电影？"

"第一次啊。"

"怎么会想起请陈念看电影？"

"就是觉得很难得，《泰坦尼克号》啊。"

似乎没什么可问的，但郑易眼前浮现出陈念的样子，不免多一句嘴："不担心她拒绝吗？"

"啊？"

郑易说："以陈念的性格，感觉会拒绝。你挺有勇气的。"

"哦，"李想笑起来，"其实我早就想请她看电影，但一直不敢。那天无意间听到小米和她谈论《泰坦尼克号》，她说票应该很难买。我猜她应该也想看。"

"原来如此。"郑易说。

李想走了。

郑易等了没一会儿，就看见陈念。她身边很多同龄人奔向自己的父母，她安静沉默地下台阶，走自己的路。

她很快看到他，顿了一秒，朝他走来。

郑易笑出白白的牙齿，说："顺道路过，请你吃饭。"

陈念点了一下头，跟在他身旁走。

郑易脑子里一团乱麻。北野的案子不清不楚，陈念的遭遇也不明不白。他不知事情就是目前既定的状况，还是有什么他没看见的角落。

而身边的陈念悄无声息，没半点生气，像一缕孤魂。以前的她不是这样的,即使不说话,也有温度。他更想知道那天发生了什么。

他们并没走远,就在学校对面的馆子找了个座位。

天热,郑易打开墙上的电风扇,风吹得陈念的头发黏在脖子上,她一缕缕慢慢捋。

实在没别的话题讲,郑易于是问:"考得怎么样?"他想,她不会不耐烦。

陈念抬起眼睛看他,说:"还好。"

"觉得难吗?"

"也,还好。"

"那就是挺好的。"郑易笑道,"我刚站在外面,听很多学生说考题很难。"

陈念轻轻抿了一下嘴唇,说:"或许是,互相安慰;给身边的同学,信心吧。毕竟,下午还有一门呢。"

"是吗?"郑易又笑了。

"是呀。"陈念说,清澈的眼睛看着他。郑易心里头一动。

那一瞬,他莫名呼出一口气,感觉很轻松。

自己想太多了。

陈念家庭条件不好,不可能给人借钱,更何况很大一笔钱。反倒是北野,银行账户上总有伯伯姑姑打给他的绰绰有余的生活费,花钱大手大脚。

相撞,电影,没烧尽的衬衫雨衣,并没有任何合情合理的解释能把这些琐碎的东西串起来。

郑易没再想,低头拿茶水洗筷子。陈念看了一会儿,轻声问:"你等我,很久了?"

郑易抬头,意识到刚才他说过一句"我刚站在外面",他笑:"也没多久。"

筷子洗干净了,递给陈念一双。

"谢谢。"陈念接过来,埋头开吃。考试耗脑力,她也饿了,胃口不小。

"下午考英语?"

"嗯。"

"英语也是你的强项吧?"郑易说着,往她碗里夹了一大块回锅肉。

"还好。"陈念含着米饭,点点头。

郑易看她专心吃饭,又笑了一下。瞥见她皓白手腕上的红绳,说:"这绳子颜色好看。"

"嗯。"陈念说,"红绳保平安。"

一顿饭吃完,郑易给她买了杯柠檬茶,她捧着杯子含着吸管在他身边慢慢走。

中午的风吹去额头上的细汗,郑易说:"等这案子完结后我能休息几天,你也考试完了。想去哪里玩需要人带的话,记得找我。"

陈念点点头:"嗯。"

走到路口,郑易说:"早点回去午休。"

"嗯。"

"定好闹钟,别误了。"

"嗯。"陈念抬起眼睛看他。

郑易愣了,他看到谢意,她从来都是一个你给她一点好她便会记恩的女孩。

"走了。"她举起手,轻轻地摆了摆,走了。

阳光灿烂,树影斑驳;他在原地站了好一会儿,目送她的背影远去,笑容不自觉爬上嘴角。忽有一瞬,他想跟过去,就这么默默地护送她回家。

于是他拔脚,而就在拔脚的那一刻,一股寒气从脚底往上蹿。

他突然间就明白了那种跟随身后的心情,明白了那个合情合理的解释,那一条串联琐碎的线。

动机不对!

不是跟踪,是守护啊!

郑易立在正午的阳光里,一身冷汗。

..........

他应该立刻追上去问清楚,可他没有,他站在原地,恍如被抽了魂,直到他的手机响了。

"郑哥,马上回来,我们发现了一段很重要的视频。"

"什么内容?"郑易问。

对方失声,最后只道:"你快回来吧。"

郑易赶到小会议室,撞上小姚从里边推门出来,眼眶发红。

郑易低声,再次问:"什么内容?"

同事拳头紧攥,手背上暴起青筋,说:"她们打她,骂她,把她剥光了在地上拖,拖到街上,叫卖……"

郑易绷紧牙关听着。

"……来了几个男生,和魏莱等几个女生一起欺负……把她带到了……草丛里……"

郑易面无表情地往里走。

老杨拦住:"别看了。视频里边出现过的人,已经去抓了。"

郑易猛然一推,老杨撞在门上;郑易脸色铁青,眼睛血红,胸膛起伏鼓动着。他依次狠狠看着周围的人,走进去,"啪"地摔上门。

廊上一片死静,隔着门,年轻男人压抑地哭,泣不成声。

..........

心疼，苦痛，愤恨；然而，这份职业要求他在任何时候都理智。

半小时后，郑易说："一、陈念有杀人动机。二、北野的杀人动机可能有误。"

小姚："但北野已经承认所有罪行。"

郑易："是。除非他们两人之间存在某种我们没有发现的关系。"

"一个优秀的高中生，一个混混，这两人看上去没有任何交集。但为保险起见，把陈念带过来接受审问。北野也得重新审一遍。"老杨说，"案卷已报上去，要抓紧时间，不然来不及了。现在去带陈念。"

"别找她。先审北野。"郑易重重地说。

…………

北野坐在审讯室里，手铐在桌下，仍是那副不冷不热的样子。

倒是他伯父新请来的律师一脸严肃的隐忧。

老杨开门见山："我们找到一份视频，陈念在魏莱失踪前一天遭受的事情我们已全部知晓。"

北野冷而静，表情没有半点风吹草动。

"我们认为，陈念对魏莱有杀人动机，或者说你对魏莱的杀人动机不一定如你所讲。北野，你确定你和陈念的关系如你之前所说的，只是陌生人，只是你的目标？"

"该说的，我都说过。"北野道。

郑易捕捉到，北野比上一次审问时要冷。除此之外，却也看不出半点情绪泄露。

老杨重新发问，语速极快："为什么想对前两个受害者实施侵犯？"

"不为什么，就想试试。"

"为什么杀魏莱？"

"她看到我的脸了。"

"为什么选择白天？"

"她晚上同伴多。"

"为什么看中陈念？"

"她说话结巴，吸引我回头看了一眼，觉得长得不错。"

老杨把之前问过的问题全问了一遍，打乱顺序，气势速度全上来。然而，北野的回答没有一个和第一次有差距。

老杨等人不管是运用测谎方法，还是旁敲侧击，都没能从北野这里发现破绽。

既然没有破绽，那便表示，他的确是犯人。

就在老杨等人即将结束审问时，郑易突然开口，问："有没有另外一种可能？"

北野转眸看他。

郑易："你早就知道了陈念的遭遇对不对？你想为她报仇。"

北野："你哭过？"

郑易屏住言辞，盯了他足足三秒："你对魏莱真正的杀人动机是什么？你对陈念的感情是否如你之前所说？你们两个是不是有未知的联系？"

北野反问："为什么哭？你喜欢她？心疼她？"

郑易"腾"的一下从椅子上站起来，俯视着北野。两个年轻的男子对视着。

空气凝结如同石块。

"你知道今天是什么日子吗？"郑易说。

"我知道。"北野说。

下午了，还有最后一门考试。

年轻男人弯下腰，手撑桌面，带着压迫的气势俯视他："你隐瞒她，欺骗她，保护她，只为让她安安心心去考试？

"你在警方开始搜后山的时候突然跑去领结业证露马脚被抓，只为转移警方注意力，只为不把她牵扯进审问里？"

其他人不懂，但郑易下赌，面前这个少年一定懂他在说什么。

但北野睁着黑色的眼睛，说："我不懂你在说什么。"

"北野，你知道我们怎么判断死者身上有防卫伤吗？"

北野看着他，没说话。

"人在挣扎的时候会用手脚，尤其是虎口和手部，这类地方即使没有明伤，也会在皮下组织留下暗伤。类似你的膝盖无意间撞了东西，第二天那里莫名其妙就皮下瘀青了。"

他解释完，提出一个诡异的观点，一个他也不完全确定的假设。

"魏莱身上的防卫伤有问题。她的手、脚、脖子的皮下挫伤，可能来自她死那天'你对她强奸时她的反抗'，却也可能来自前一天的陈念。

"北野，我们在视频里看到了，魏莱欺负陈念时，陈念在反抗中一直在用力拉扯魏莱的手脚，推她的肩膀脖子。这种程度足够构成皮肤青肿，混淆'防卫伤'。"

北野听完，依然是那句话："我不懂你在说什么。"

律师抗议了。

郑易狠吸一口气："这些问题，我会再审陈念一遍。如果真如你说，没问题。如果你有所隐瞒，你觉得面对审问，她撑得住吗？"

北野看着他们，看着面前的这群大人，抿着唇，没有说话。

老杨等不及，说："现在带陈念来审问。"

北野脸色霎时变了，郑易也猛地一愣，竟忘了周围还有别人，他立刻看手表，人应该还没进考场。这并不是他想要的。他想说什么，老杨已起身往外走。

郑易霎时去追,却条件反射地看了一眼北野。

后者居然笑了一下,忽然间,话锋直转,说:"另一具尸体。"

律师狠狠一愣,老杨也顿住,回头:"什么?"

"给她三个小时。"北野说,"我告诉你们,另一具尸体。"

最后一场考试结束,考生们如释重负,走在校园里就开始约时间去唱K、郊游、打台球。

陈念快走到大门口时,突然看见街对面那穿着白衬衫的高高瘦瘦的男孩。

她飞快冲过去,慌慌张张拨开相聚的家长学生,晃过拥挤的车流人群跑去对面,拉住他的衣袖扯了扯。

少年回头,并不是他。

陌生的少年看一眼她的身后,陈念松开手,回头,郑易和警车,还有几位便衣。

她过去坐进车里,从一个牢笼走进另一个。

"他是谁?"老杨问。

"认错了。"她变了面孔,冷而静。

"你原本认识的是谁?"

"班上,一个同学。"

"像北野吗?"

"所有人都相似。"她脸色冷白。窗外,身着校服的人密密麻麻分不清楚。

到了局里,相对无言。

陈念始终不肯告知家人的联系方式,且极度排斥学校的教导主任和老师。郑易没有通知学校，依然请来了上次的那位女律师陪同。

郑易问："知道为什么带你来吗？"

"不知道。"她摇摇头，背后的马尾轻轻刷过衣领。

老杨看郑易，眼神告诉他不要信这个女孩的话，示意他问正题。

郑易张口，脑子里晃过那份视频中的影像，她是被瓜分的一块肉。他闭了闭眼，倍感脱力，许久没发声。

老杨盯他一眼，又看小姚。小姚是女警，说话温柔些："我们发现一段视频，里边记录了魏莱失踪前一天，她们欺凌你的整个过程，尤其是后边发生的事。"

陈念没动静。

"有几人当场拍照录视频，你应该知道。但之前你说不记得。"

没动静。

老杨："再问你一次，你真的不记得视频里的内容？"

她安静看着他，审视的眼神能把人洞穿，问："你希望我记得吗？"

老杨一时哑然，继而问："为什么对我们隐瞒？"

她反问："你想听我一个细节一个细节跟你描述，言语，动作，力度，先后？"

森然地静。

少女肤色雪白，黑色的眼瞳像下了雪的夜。

白色的裙子一尘不染，如一轮皓月，洁净，冰冷。

郑易却知道，她再也不是高中生陈念了。

老杨说："视频里出现的人，不论男女，都会被定罪坐牢。"

但女孩脸上没有半点波动。他们看着她，她也看着他们。这种算不上安慰的安慰，对她没有任何意义。

问话还得继续："为什么不报警？"

"或许不想让那些视频作为证物,被你们一遍遍观察。或许……"她抬起眼帘,缓缓扫一眼面前的几人,"不想看见现在你们这怜悯而可怜的眼神。"

小姚霎时垂下眼睛。

"又或许……"她说,"我觉得找你们,你们也管不了的。"

郑易脸如针扎,胡小蝶、曾好……这些事让他于她失信。

"况且,在你们眼里,我也不是一个人,而是一个物品,一件证据。"她轻轻抚摸着手腕上的红绳。

"不是……"但还能说什么。

小姚说:"但这次不一样,他们对你犯下的罪,足以判刑。"

"哦?是吧。"陈念说,毫不在意了的样子。

"经历这些事情后,你恨魏莱吗?"

"不知道。"

"为什么不知道?"

"一个死了的人,有什么可恨的?"

说法和上次类似。

谁也不知道是她强制自己刻意遗忘,所以她才能平静如常,还是魏莱的消失除去了负面情感的载体,所以她才能冷静如昔。

"你认识北野吗?"

"不认识。"

"他为什么要保护你?"

"不知道。"她愈发冷了。

"他为了你的考试时间,和我们谈条件,你认为这该如何解释?"

"不知道。"

几乎所有的问题,她都以"不知道"回答。

甚至："他喜欢你吗？为了你他去犯罪？"

她也依然："不知道。"

老杨说："你的'不知道'不能让我们信服。"

她反问："他做的事，为什么问我？他的心理，我怎么懂？"

众人哑口无言。

而到北野那边，同样碰了钉子。

"你为什么杀魏莱？"

"因为她看到我的脸了。"

"你杀魏莱是否是因为她伤害了陈念？"

"不是。"

"是否陈念伤害了魏莱？"

"不是。"

"你是否喜欢陈念？"

"不喜欢。"

"你跟我们谈条件为她争取考试时间，你怎么解释这种行为？"

"无聊，想做就做了。"

"无聊，想做就做？"

"我天生就是这样的人，活着不追求什么意义，也就没有束缚。想做什么做什么，强奸，杀人，都是因为这样，没有原因，就是突然想这么做。"

"突然为她好，也是想做就做了。"

"啊。"

"魏莱是你杀的？"

"是。"

"为什么杀她？"

这问题问了无数遍,杀人动机杀人动机,北野看他们一眼,眼含冷笑,一字一句,说:"因——为——她——看——见——我——的——脸——了。"

"你知道陈念受欺凌的事吗?"

"不知道。"

"你杀魏莱不是为了给陈念报仇?"

"不是。"

"你的确是雨衣人?"

"是。"

"新发现的那具尸体,死者叫什么?"

"赖子。"

"全名。"

"赖青。"

"他和你是什么关系?"

"朋友。"

"为什么你知道他的尸体所在地?"

"因为我杀的他。"

"为什么杀他?"

"他发现了我的身份。"

"什么身份?"

"他发现我是雨衣人。"

"所以你杀了他?"

"不然留着告密吗?"北野冷笑。

律师扶着额头,无奈。

"他和你一起长大?"

"是。"

"你仍然决定杀了他,为什么?"

"只有死人的嘴不会透露秘密。"少年说。

天衣无缝。

老杨等一行人出了审讯室商量对策。

两个少年,隔着一堵墙,冷静而沉默地坐着,他们甚至不知道离对方咫尺之近。

两个少年,一个个滴水不漏,毫无破绽,如果不是心理素质过硬,那就只剩说的是真话。

但人往往有一种直觉,尤其是刑警。说不清的怪异笼罩在郑易的心头。

然而也有人偏向于相信现在所得就是事实,小姚说:"他知道我们都不知道的没有报警的受害者,他甚至为了隐瞒罪行而杀了他的朋友。"

"如果呢?"郑易盯着两面玻璃后各自独坐的少年,突然用力指了一下北野,问,"如果,他为了证明他是雨衣人而杀人呢?"

这种思维太耸人听闻。

"你说什么?!"

"如果,那件衬衫没有完全销毁,是为了证明他是杀人犯;那件雨衣没有销毁完全,是为了证明他是雨衣人。"

"他不是雨衣人,所以想方设法证明他自己是?"老杨一脸听了天书的荒谬,质问,"为什么?"

"隐瞒杀害魏莱的动机。"郑易语速飞快,"因为如果他不是雨衣人,就没有对魏莱的杀人动机。不是雨衣人,他就无法隐瞒对魏莱真正的杀人动机:陈念。"

"因为陈念,他想保护她!"

郑易低喊:"这根本就不是一起连环案!"

老杨驳斥:"这只是你的猜想,虽然有那段视频,可没有确凿的证据能证明你所谓真正的杀人动机。更何况,他为什么要隐瞒杀害魏莱的动机?因为陈念?!保不保护谁有什么关系,反正是他杀的。都已经杀了人,还在乎动机?"

郑易被问到,额冒冷汗,眉凝成川,脑子里千万种念头杂糅在一起,突然,他猛地扭头看着玻璃另一面的陈念,背脊发凉,道:"除非……"

"除非什么?"

"除非陈念是共犯!"郑易脸色惨白,语速更快,"扒去魏莱的衣服,不是害怕多少个月后被发现时暴露季节,而是因为她的衣服上留了关键的证据,比如另一名共犯的血手印!"

脱口而出的一刻,郑易脑子一蒙,突然间无名地后悔起来。

老杨等人瞠目结舌。

小姚急声反驳:"郑易,你的猜想违背了目前的证据链!你要讲证据,而不是感情用事,你这种做法不公平!"

天黑了,灯亮了,案子要结了。

走廊上的挂钟嘀嗒敲打,郑易眼神空了,脑海里飞速闪回,陈念、北野,每一声回答,每一个表情。

玻璃窗的那一头,北野很平静,陈念也很平静。

为什么?

"为什么杀魏莱?"

"因为她看到了我的脸。"

"你恨魏莱吗?"

"不知道。"

"放学了我去接你?"

"不用。没事了。"

"你是个敏感的人吗?"

"不。他和我不小心撞到了。"

"不怕陈念拒绝吗?"

"我听见她说票很难买。"

"陈念说,有人保护她。"

"我见过这女的,小北说欠她钱,很多钱。"

这一切究竟是无稽虚幻还是致命线索,只有一个证明方法。郑易突然拔腿,冲向第一间审讯室。

陈念正在签字,准备要离开了。郑易冲进去,掀开纸张圆珠笔,捉住她的手,拎小鸡一样把她从座位上提起来,一路扯。

他猛地踹开第二间审讯室的门,把陈念推进去;陈念摔在墙壁上,头发散乱;与此同时,北野霍然抬头,四目相对,怔然结舌。

郑易瞬间把陈念拖出去,"唰"地关上审讯间的门,一切阻隔,只有一眼,但足够了。

因为,爱,是藏不住的;闭上嘴巴,眼睛也会说出来。

# Chapter 13　共生关系

夜深了，警察，被审者，每个人都筋疲力尽。在熬，看谁熬得过谁。

两个少年，单薄，瘦削，骨头却硬。

老杨揉着发红的眼，对郑易说："要证明你的猜想，只剩一种方法。"

"什么方法？"

"囚徒效应。"

所谓囚徒效应，是指两个共谋犯罪的人在不能沟通的情况下，由于无法信任对方或被告知对方已背叛招供，而倾向于互相揭发或坦白事实。

没人能熬过这种心理战。

审问很快分别开始。

陈念坐在审讯室里，整个人都是虚白的，只有手腕上的红绳格外鲜艳，像一道血痕。

面无表情的警察们拥进来，她表情尚未安定，老杨甩了摞文件夹在桌子上，"啪"一声，老刑警目光如炬，盯着她，说："北野已经招认了。"

陈念看着他们，等着解答，半分惊讶和慌张都无。

"陈念，他都交代了。"老杨说，"你和她是共犯。"

陈念摇头："不是。"

"魏莱失踪当天，她约徐渺去后山，这只是顺便，其实她约的人是你。不用电话联系，因为前一天她和你说了。最后一节是体育课，你方便去后山，你去到后，伤了她。当天你在学校和同学提过电影票难买，李想听到，当晚就约你去看电影。你看电影时，北野再次去善后。"

"不是。"陈念摇头，灯光从头顶打下，眼睫投下暗影，在她漆黑的眼底晃过。

"这是北野亲口说的，他承认了。陈念，你不招认，只会受到更严重的处罚。"

撑下去，你要撑下去。

她看着他们，眸光冰冷。似乎思索了半刻，问："你们想，为我减轻处罚？"

"是，我们想帮你。"

"既然想帮，既然确凿，我承不承认又有什么关系？"陈念反问，"你们就当我招认了，为我减轻罪罚啊。"

堵了个哑口无言。

老杨终究继续："那你是承认了吗？"

"不是。"

"不是？"

"我不知道他为什么那么说，但我不认识他。"陈念道。

"他说你们是共犯。就在三个小时前，他为了给你的考试争取时间，供出另一桩罪行。"

陈念仍是摇头："他或许太无聊，或许不甘心在对我进行侵犯的时候失败被抓，想拖我下水。听上去，为了我的考试争取时间，供出另一桩罪行。可细想，供述这个行为本身，把我牵扯进来，既已牵扯，

207

可能判罪，争取考试又有什么意义？这多矛盾。所以，他说我和他是共犯，这不可信。"

她逻辑清晰得让人冒冷汗。

她这番话无疑给错综复杂的案情又提供了一种可能，或许北野不甘心栽在她手里，想陷害她。

"你的意思是他说的都是假的？"

"是。"

"陈念，最后一次机会，你若不承认，北野会因配合调查而减轻处罚，反之，你的罪责会加重。"

"他在说谎。"她徐徐说。

"你确定？"

"确定，"她眼神笔直，语气决绝，"不然，你让我和他见面，让我们对质。"

"你以为我们不会让你们对质？"

"让他来啊！"

白灼的灯光，照得她脸色惨白，颧骨如削。

..........

女律师腾地站起来："够了！"

他们失败，她挺过去了。

最后的希望留在给北野施压。

对北野的再一次审问，开场白笃定而压迫：

"陈念承认了，魏莱遇害的时候，她在现场，她参与了。"

"那女的脑子有病吗？"北野说。

这边的情况和那头一样，无论如何提及加重或减轻刑罚，坦白从宽抗拒从严，都没能撬开北野的嘴。

"你的意思是她说的都是假的?"

"是。"

"北野,最后一次机会,你若不承认,陈念会因配合调查而减轻处罚,反之,你的罪责会加重。"

"她在说谎。"

"你确定?"

"确定。不然,你让我和她见面,让我们对质。"

这白得发灰的灯光,北野的脸前所未有地立体,如刀削斧凿。

两个少年的眼神,一样坚韧。

郑易感觉到,他的同事已经尽力,撬不开了。

或许,再试几次,但又知道,攻不破了。

那两个孩子,他们有一座城,困着两个人,攻不破的。

他们交换眼神,准备离开审讯室,可郑易不动,他仍抓紧最后那一丝"直觉"不松手,他把陈念摔到北野面前时,那个眼神,不会有假。

为什么?

他审视着北野,在他脸上捕捉到了和隔壁间陈念同样的神情,一种近乎凄惨的冷酷。

为什么?

为什么他们如此难以攻克?为什么他们如此笃定警方在另一头的盘问失败,笃定对方不会背叛?

以至于郑易除了心里说不清的直觉,理智都几乎要倒戈。

不然,他不明白,上下学的路上究竟发生了什么?两个毫无交集的人,怎么产生如此强烈的羁绊?

两个孩子,脆弱,幼小,面对巨压面对威胁,仍如此信任对方,可能吗?

他们之间存在着一种怎样的契约与生存关系？

他们在同一架梯子上，要么一起坠落，要么一方割断绳索。他的心愿是为她排除一切阻碍让她毫无瑕疵地离开，于是她毅然决然按他所铺的路往上爬？坠落的那个，存活的那个，谁更痛苦？

是这种关系吗？

不可能。

难以想象。

他错了吗？

他想着小姚说的那番话，在自省，在挣扎，他快崩溃了。

老杨等人起身了，他们离开了审讯室，案件发展就是按原来所想。

狭窄的房间里只剩两个年轻的男子。

一秒一秒，电光石火，郑易热汗直冒。

相撞，跟踪，电影，后山……

他思绪如麻，混乱不堪。

涤荡的情绪迫使他猛地前倾，逼问少年："陈念是共犯！你扒去魏莱的衣服，不是担心发现时暴露季节，而是因为她的衣服上留了关键证据，留了陈念的血指纹！"

北野冷冷看着他，不言也不语。

"把魏莱埋在偏僻却适合保存尸体的地点，也是做了万全的准备。就是怕万一被发现，在证据缺失的情况下，没有雨衣人这个嫌疑，她失踪前欺凌过的陈念最有杀人动机，所以你必须留着你安放在魏莱身上的一切证据！"

他毫无章法，杂念翻腾："带血的衬衫，雨衣，你都故意没烧尽，是为了证明你是雨衣人！在路上撞李想，盯着徐渺，也是为了让他们怀疑你。"

北野微微眯起眼,眼神冷峻。

可是不对,哪里不对?

在北野提出交换条件时,郑易就曾怀疑,赢得考试时间有什么用,他暴露了对陈念的在乎,一旦严格审问,很可能挖出更多秘密,如果有罪,不能再上大学,赢得一场考试时间意义何在?

为什么?

北野为什么如此笃定他们两人能赢过盘问考验?笃定陈念能狠心让他受罪她却死不招认翻供?

他哪里来的底气?

郑易抓紧桌子,突然,一道光闪过,他猛地站起身:

"你——你不是雨衣人!"

可尸检报告上魏莱的"防卫伤"哪里来的?难道……他的假设……所谓的防卫伤全来自魏莱死前前一天对陈念施虐时遭到的抵抗……是对的?

他不是雨衣人啊!

是谁?

相似的少年,花名册上流动的身高体重,修理店的大康,陈念冲下街道将那个白衣少年拉回头,另一张脸。

"大康!——"

等等。

是谁?

脑子像高速运转的机器,视频里的虐待画面回放,赖青的照片,视频里晃过的类似赖青的脸。

"赖子!——赖青!"

赖青才是雨衣人，而北野对雨衣人的了解全来自赖青。

那晚，赖青也参与了，他也侵犯了陈念。北野恨他。

可为什么，究竟为什么要扮成雨衣人——

郑易狠狠一愣，颤抖的身体和魂灵在一瞬间静止，抓着脖子的手缓缓坠下。

他惊呆了，看着面前几乎融化在白色灯光里的北野，不可置信，毛骨悚然。

不，这样缜密的耸人听闻的谋划，不会出自这样的少年。

郑易如同高烧后蒸发出一场大汗的病人，虚弱空茫，冰冷刺骨，没有魂魄地盯着北野。

郑易踉跄扑上去，揪住北野的领口把他提起来，用一种仅限于他听到的，极低的，仿佛是从魂灵里发出的声音说道：

"你必须是雨衣人，只有扮成雨衣人，你才能隐瞒魏莱死亡的真正原因。

"因为，陈念不是你的共犯，你赶到现场的时候——

"魏莱已经死了。

"是陈念！而你甚至不在现场！

"你恨赖青，可你没想杀他的，但你得保证他今后不会泄密，不再犯案，让你成为确凿的'雨衣人'，让'雨衣人'永世尘封无法翻案！你既已成罪犯，就断了陈念翻供招认的可能。

"北野，你疯了吗？！"

他咬牙切齿，揪着他的衣领用力把他推回椅子上。

郑易喘着粗气，而北野，他揉一下被铁铐拉扯的手腕，抬眸，唇角居然弯起：

"郑警官，我很佩服你。但是——"

少年的北野只是轻轻摇了摇头，说："她没杀人。"

"你唯独算错了一点——她没杀人。"他说，"郑警官，这一点，我很确定。"

他从哪里确定，何时确定，找谁确定？

郑易突然一愣，盯着北野，北野也看着他。

他立刻起身关上审讯间的门，拉上窗帘，把监视器、监听器等一切和外界通信的工具全部关闭。

他坐回北野面前，快速道："我的分析都对，只有一点：陈念没杀人。你赶到后山时，魏莱的确死了。你以为陈念杀了她，所以有了我所说的那些计划。你准备了一切，但后来发现杀死魏莱的另有其人。"

北野没回答，表情冷而静，一如数次接受审问时。

他恳求："北野，你相信我一次。"

但少年的眼神很陌生，难以说是信任。

"我知道你们不信我，我现在也无法跟你解释程序和法律，但北野，现在只有我能帮你，而且我很想帮你。不，我必须帮你。"

"你知道雨衣人四起强奸案、魏莱、赖青两条无辜命案，你要坐多少年的牢？即使你认罪态度好上天，也至少二三十年，比你从出生到现在还长！别说更有可能无期！"

北野不言不语。

郑易转而道："陈念呢？你这辈子还想见到她吗？"

"……不见，也没关系。"他开口了，人很安静，但并非无动于衷。

只有提及陈念能撬开他的嘴。

"你想见她吗？"郑易问，"想吗？"

"我不能见她了啊。"他说。

"我只问你想吗？你想早点离开这儿，早点出去回到她身边吗？——即使不在她身边也没关系，跟在她身后远远守着就行。她现在就一个人了，你不想早点去保护她吗？"

北野紧抿着唇。

郑易问："你怎么跟她说的，说你补刀杀了魏莱，说你杀了赖青，用这个断她的后路，让她不能翻供？"

北野不答。

"你都担下来了，她呢？

"北野，为你犯下的错承担罪责，但请别为你没做过的事顶罪。这不是爱，这是不公平。

"你关在里边看不到，可我看得到，她现在完全变了一个人，她会痛苦一辈子，她会变成一个哑巴，不和任何人说话。

"为她付出，你甘愿，你心里好受，可你把她所有的后路都堵了，她不知道怎么说出这个案件真相，她甚至或许不知道什么是真相。

"她不相信我，不相信警察，她唯一信赖的只有你对她说的每一句话。"

北野的胸膛轻轻起伏着，仍是一言不发。

他想起自己曾告诉她，他最想要什么，而她必须给他。不管以后她一个人有多难，她都得撑下去，给他最想要的。他知道她很坚强，她能做到的。

"北野，既然陈念没杀人，那我保证，她不会有事。"郑易知道他担心什么，一字一句用力说道，"我们两人的对话不会有任何人听到，我会帮你。在她不会有事的前提下，你让我帮你一把，我发誓！

"北野，手术台上的人都知道求生！"

"……"

郑易长长叹了一口气,这少年怎么能坚定得跟石头一样。

他几乎走投无路,"你喜欢她是吗?"他声音很低,终于说,"我也是。所以,请你相信我。相信我也会尽全力保护她啊。"

他眼神抓着他,如同他才是落水的那个人,然而,北野看了他很久,最终只是摇了摇头:"郑警官,谢谢。但你救不了我们的。"

"为什么?你这话的意思是……"

"我要见律师。"北野打断,"我没什么可说的了。"

戛然而止。

郑易安静下去,他一直看着他,但北野不看他,十几秒钟的死寂后,门被推开,他被带走。

他缓步走到门边,看见北野转身时,看了一眼隔壁审讯间。可陈念已经不在那里。

少年很安静,被带走。

郑易如同刚跑过一场马拉松,无力得腿软。

小姚愣了愣:"郑易,你脸色怎么这么差?"

郑易用力揉揉脸,强打起精神:"陈念呢?"

"在下边,我不会开车,想找人送她回家呢。"

"我去吧。"

郑易很累了,送陈念回家的路上,谁也没说一句话。她阴冷得像一个鬼。

他知道攻不破他们两个,最后却仍不死心:"陈念,能不能相信我一次?"

可她只说:"你救不了任何人。"然后头也不回地上了楼梯。

郑易站在深夜的空地上,又累又痛,竟有些想倒在地上睡过去。小姚打电话来了:

"郑易,早点睡哦,明天最后一次开会。"

郑易猛地清醒。

明天上午最后一次开会,队里整理完案子,笔录和证据确定后就要送给法院、检察院了。

等到那一步,北野的笔录将确定成为证据,即使他反悔翻案,他再说的话都将没有可信度。

"小姚!"郑易喊出一声,"你一定得帮帮我。"

…………

凌晨三点的会议室里,小姚昏昏欲睡,找了这么久,看到的却全是证明北野是罪犯的证据。她有些怀疑自己为什么要来瞎胡闹。

白光灯下,郑易仍在仔细翻看证据资料。

小姚撑着头,说:"郑易,回家休息吧。"

郑易根本不理。

他怀疑赖青是雨衣人,赖青死后,同事们去他家搜查过被杀现场,提取证据。

可此刻郑易翻开当时的资料,赖青房间没有任何异样,没有能让人怀疑他是雨衣人的异样。

他看着现场照片上的一张桌子,小姚过来,抽走他手里的纸张。郑易抬头,眼睛里全是红血丝。

小姚愣了愣,无奈地叹气,劝:"郑易,你听我说,人的直觉有时不一定对。"

郑易酸痛的眼睛抖了一下,负气道:"那你还留下找资料?"

"因为你最近就像疯了一样!"小姚说完,别过头去呼出一口气,又静下来,看着他道,"当事人北野说的话和证据链完全符合。而你总说直觉直觉,你全凭逻辑推测,说他不是雨衣人,也没杀魏莱。他杀了雨衣人赖青。讲实话,我听了你说的,我觉得这套逻辑推理很合理,有那么一点可能性。但只是一点,因为,你一件实打实的证据也没有!"

郑易努力道:"我怀疑是赖青。"

"怀疑怀疑,又是怀疑。"小姚反驳,"赖青死了。死无对证,北野完全可以说就是赖青,可他为什么不说?"

"他不想说出真相,是怕把陈念牵扯进去。"

小姚提高声音:"你说杀人的是赖青,那为什么会把陈念牵扯进去?"

郑易猛地哽住,憋着气:"我正在想。"

小姚看了他一会儿,疲惫地摇头:"郑易,我看你是太累了。回去休息吧,别再浪费时间了。"

郑易追上去,小姚收拾着自己的包听也不听。

"我们从头想,陈念被欺负后,她若无其事去上学,暗示电影票的事,趁着体育课消失去后山。她是去见魏莱的,她应该伤了魏莱。"

小姚把包砸在桌上,忍着气看郑易:"你看法医报告了吗?魏莱身上只有一处伤,且是致命伤。"

"……"又是哑口无言。

"你现在已经不理智了!我都怀疑我为什么听了你的话浪费一个晚上。"小姚背上包,夺门而去。

郑易立在原地,如一尊雕像。

深夜空旷的大楼里,他孤独得像这世上唯一醒着的人。

他缓缓走回去,弯下腰整理资料,突然,他猛地一摔,纸张砸在桌面上,四下飞散。

他喘着气,脚因疲惫而抽筋。

他瘫倒在椅子上,呆呆望着天花板。

是啊,魏莱身上只有一处伤。怎么可能是赖青杀的她呢?

北野说陈念不是凶手，难道是北野？不对，北野当时没有否认他其他的推测，他去的时候，魏莱应该已经死了。

这究竟是怎么回事？

这死胡同怎么才能走出去？

清洁工的开门声让郑易猛地从沉睡中惊醒，天光大亮。一看手机，郑易冷汗直冒，七点五十了！

会议八点就要开了。可他仍然一点头绪都没有。郑易跑去洗手间洗脸，撑着洗手台强迫自己冷静，可心跳莫名其妙地如擂鼓。

开会去吧，已经尽力了，是时候承认证据了。

可那该死的直觉一直在脑子里喊：

这是冤案这是冤案这是冤案！

他抓着自己的头，疲惫迟钝的大脑被强迫着，竭力高速运转。

他死死回想着昨晚单独和北野谈话的每一个瞬间，他的直觉不会错，一定是哪里有问题。

杀死魏莱的另有其人。

可为什么北野不承认？

他想要的只是保护陈念。郑易已经承诺发誓会保护陈念，甚至坦白喜欢她，可为什么他还是不松口，哪怕判重刑也不松口！

为什么他们就是不相信他！

郑易突然转身，一脚狠狠踢在门上。可脑子里闪起北野最后的一个表情，极淡的微笑，说：郑警官，谢谢。但你救不了我们的。

北野是相信他的！但某种原因阻止了他，让他无奈认命。

郑易心里骤然一激，这件事，他管定了。

可随即而来一股令人心慌意乱的悲哀，虽然直觉更加坚定，证据依然遥遥无期。

恐惧在弥漫，他咬着牙在洗手间里急速走来走去，到底该怎么办？

这个案子被北野弄得铜墙铁壁，没有一点突破口。

为什么他不说实话——打住，时间紧迫，不要再纠结他的心理，换个角度，郑易，换个角度。

不找北野，不找陈念。从他心里真正的凶手入手，赖青！

郑易一下冲出去，他飞快跑下大楼，在门口撞见老杨："欸，跑什么？马上要开会了！"

郑易理都不理，钻进车里，启动，加速，打方向盘。他拿起电话打给小姚："小姚，最后一次，你帮我拖一下时间，别把卷宗送出去。就给我一上午的时间。"

那边听出动静："郑易，你现在要干什么？"

"我现在不知道，但如果我的推理是对的，我一定会找到证据的。"

"郑易，你疯了……"

"小姚，我求你了！"

"……"

"……"

"……我不知道能拖多久。"

"谢谢。"

…………

## Chapter 14　悲伤的恨意

大康刚拉开汽修店的卷帘门,一辆车就几乎迎面冲进来,一个急刹车,郑易跳下来,劈头盖脸就问:"赖子有没有别的住处,除了警察搜过的那个?"

"你问这个干……"

"你想不想救北野?"他打断。

大康见他脸色严峻如铁,不敢多问,赶紧往副驾驶上坐:"我带你去。"

车开得飞快,大康在副驾驶上大气不敢出,就见郑易一次次看手表,每看一次,就踩一次油门。

"你……真的相信小北不是雨衣人?"大康试探。

"他非说自己是。"郑易气得冷笑,"雨衣人犯案那么多次,哪怕就一次,他肯定有不在场证明。可他非不用。"

他火气大,大康不吭声了。

"4月10号晚上10点,4月21号晚上11点,5月1号晚上10点。"

"什么?"

"这几个日子你给我记好了。"郑易冷脸交代,"我不知道北野的生活习惯,也不知道他认识哪些人。你们很多熟人都毕业出去打工了,想办法把每一个人联系上,看有没有人在这三个时间段见过北野。"

大康眼睛发亮:"只要找到一个,他就不是雨衣人了?"

"你先找到再说。"

"好。欸——左拐!"

…………

房东用钥匙打开门,灰尘和塑料的气息扑面而来,屋子很小,一个单间一个厕所,家里却乱糟糟的,挤满了诸如自行车、旧电饭煲、模型、旧 DV 之类的东西。

郑易让大康待在外边,他穿了鞋套进去。

"他不常来这里。"大康探头,"他把这儿当储物的。"

郑易没理,脸色比上次难看多了。

郑易在屋子里挪步,这儿太乱,他一点儿头绪都没有,暗暗的心慌又涌上来。他吸一口气,吸进一嘴的腐旧味。他走到衣柜边,拉开门,愣了。

衣柜里挤满从小到大的男孩旧衣物,没有半点多的空间,可左边挂衣服的地方有一半是空的。另外几件长款衣服挤在一起,却偏偏留出这个空位。

郑易扫一眼高度,这里原本挂着的很可能是好几件雨衣。

他的手抖了一下,更确定了,偏偏该死的这算哪门子证据。

手机响了,郑易接起来,发现已经九点。

"郑易,这案子怕是要定了。"小姚声音很低,似乎在走廊里,"现在的证据链非常充分,没有一点漏洞。"

"你帮我跟队长说说,能不能把北野的口供留下来。"

"这怎么可能？"

"那卷宗先不要交……"

"这案子已经拖很久了，我说这些，队长不会听啊。"

"小姚，"郑易用力沉了一口气，"这个案子太特殊，物证少，人证关键。因为魏莱和赖青都死了，死无对证，所以北野的口供是决定性的。如果交上去变成证据，他就不可能再翻供了。"他几乎要捏碎电话，"一旦这个成为证据，他以后说的每一句和口供相反的话都没有可信度！他很可能会坐一辈子牢的！"

"你还指望着他会翻供吗？他的律师是他伯父请的，连他自己的律师都撬不开他的嘴。你为什么就是不相信他如此坚定正是因为他说的是真话？"

"我不管。"郑易抓着头发，满脸通红，"你们不能把卷宗交出去，给我一点时间，再给我一点时间，我一定会找到证据的。"

他准备挂电话，望着满屋子的杂物，又忍住无力感，说："桂叶街237号，你让鉴证科的人过来。"

"他们都在开会！"小姚忍无可忍。

"那就让实习生过来！"

"我挂电话了。"

"小姚！"郑易喊住她，"我刚才看到了！"

"……"

"赖青是雨衣人。他真的是。你今早答应过我的，最后一次，你相信我。让鉴证科的实习生们过来。"

"11点会议就结束了。我看他们能找到什么东西！疯子。"

嘟。嘟。

郑易放下手机，胸膛起伏着。

他翻找屋子里的每一样东西，成人杂志、色情片、情趣用品、新买的女人内衣裤，一堆的线索却偏偏没一个是证据。

时间一分一秒过去，仿佛能让人听见它走动的声音。

他找得汗流浃背，让自己停下来。

雨衣人的标志只有雨衣，全被处理掉了，就不剩别的标志了。

不能从雨衣人入手，换个角度，魏莱的死。

他看一眼手表，九点半。

梳理一下，如果要证明赖青杀了魏莱，他肯定去过现场，衣服和鞋子会沾血和泥土，他回回穿雨衣就是为了挡着。应该不会把衣服和鞋子扔掉，只会清理。作案一次扔一次，他没那么多钱。

然后是凶器——刀。北野说刀扔进河里了，等一下，这又回到了死胡同。

北野之所以会处理魏莱，是他一开始以为魏莱是陈念杀的，这说明陈念至少伤了魏莱。但他后来确定，不是陈念。

那为什么死者身上只有一条伤口？

这个问题不解决，说什么都没用。

他站在炎热沉闷的屋子中间，热汗直冒，只有一条刺伤的口。他脑子里回放他看过无数遍的尸体伤口，突然，眼前晃过一幅画面。

今早他疲惫不堪昏昏欲睡时，小姚从他手里把资料抽开，他当时看到一张桌子。

郑易的心隐隐紧绷，那是赖青家案发现场的桌子，桌子缝里插着一根木签，桌子的缝隙……

一个念头如过电般蹿过他的身体。

如此诡异蹊跷的伤口，不可置信！

郑易大步走出去，到大康身边："北野和赖子有没有买过相同的刀？"

大康愣了。

"问你话呢。"

"你怎么知道？"大康话没完，鉴证科的人进了楼道，郑易冲下楼梯，喊："301，你们好好搜一下衣服鞋子之类的东西。"说着，快步和他们擦肩而过，跑下楼去了。

郑易一路风驰电掣赶去看守所见北野。

他在空空的走廊上踱步，心潮难平。看手表，十点半。

门开，守卫出来说："律师还没来，你再等一会儿。"

郑易推开他就冲进去。守卫去拉，郑易回头朝他伸出手掌："我不会把他怎么样。你通融一下。"

他面色坚决，守卫又认识他，睁只眼闭只眼就出去了，关上门。

郑易在北野面前坐下，气息都不平稳。高度紧张了一早上，他有些脱力，脸色也相当疲惫，看得出是熬了一夜的。

北野平静地看着他。

郑易也安静了很久，他忽然有些难过，他难以想象，对面的少年不肯解脱自己，哪怕面对无期徒刑也不松口，只是为了替陈念阻挡那万分之一的危险。

良久，他轻声问："你怕我们会冤枉陈念吗？"

北野睫羽微颤。

"我说对了。北野，你太谨慎了。昨晚我揭穿你的整个计划时，揭穿赖青才是雨衣人时，你有那么一瞬，是想告诉我真相的。——是啊，坐一辈子牢，谁都会害怕啊。当我告诉你，只要陈念没杀人，我就一定保她时，你心里在权衡要不要讲真相，所以，你无意识地和我多说了几句话。你的真心话。"

"如果不是你的那句话，可能案子就像你计划的那么定了。北野，这是你想看到的吗？"郑易微微倾身，隔着桌子看着他漆黑的眼睛，"不，我说我会保陈念后，你其实有一丝动摇，你想说真话洗脱一部分你身上的罪名。你想早点出去见她。

"可你最终放弃了。因为你不想拿陈念冒险。

"你不能承认我的整套推理，一旦承认，陈念就会牵扯进来。'只有一个伤口'就无法解释。你有真相，却不能说，因为你没证据。如果我们信，你可以洗清不属于你的罪名；可如果我们不信，陈念就陷入危险。"

北野眸光微动。

"对，我发现了为什么只有一个伤口。北野，我知道你在想什么。"郑易两手张开，抵在桌上，"二次伤口本应该鉴定得出来，但两把相同的刀增加了难度，加上尸体伤口已开始腐败，定不了了。可我都能想到，这就说明我们不会冤枉陈念。

"北野，或许你认为我昨晚的保证有心无力，但现在我已经向你证明我能发现伤口的问题。我再次向你保证陈念不会有……"

话音未落，手机又响了。

郑易看北野一眼，他已经垂下眼睛去。

郑易拿起手机走到了走廊，门半掩："喂？"

"郑易，会议要提前结束了。"

郑易心一震，直接道："你把手机给队长。"

小姚不敢，压低声音："你搞什么？！"

"把手机给队长。"郑易稳住声音。

对方手机易了手。

"郑易啊，"队长声音很不悦，"我听说你的事了，你啊，年轻，得学会讲证……"

"队长，北野不是雨衣人。"他居然打断上级的话，却并非因为害怕而发抖，"我恳求您把卷宗再压一压。"

这已相当无礼，队长只道："你没有资格及充分理由。"

"我有！我马上就会找到。请再给我半天的时间，哪怕一个小时！"

门缝里，一双黑眼睛安静地看着他，看见他连连弓腰，仿佛这种祈求的姿态能被对方感应到。北野目光淡淡收回去了。

队长威严无比："你有证据，那就等找到了再补充给法官。"

"您知道那份口供的重要性，队长！"郑易几乎喊话，"补充证据容易，翻供难哪。这个案子性质不一样，那份口供被商议认定真实有效了再交上去会害死人的！"

他喘着气："队长，北野不是雨衣人。给我一小时，我保证……"

"会议要结束了。"对方准备挂。

"我押上我的警官证！"

死寂。

门缝里，北野转过头来了，盯着狭窄的郑警官的侧影，他没弯腰了，人站得笔直，仿佛行军礼。他满头的汗，手在剧烈发抖。

"队长，给我一点时间。如果我错了，我交出警官证，辞职。"

…………

郑易推门进来，脸上脏兮兮的。才一上午，他的汗就出过好几道风干好几道了。

北野没看他，盯着桌面，在思考什么。

郑易还没走来，门再次被推开，律师来了。

律师早就不满，他被北野的伯父聘请给北野做代理，可北野认罪认得愚公都翻不动，他没处使力，还天天顶着北野伯父给的压力，现在见警察私自见他的委托人，更是气不打一处来："你出去，我的委托人没有要见你。你这是违反程序的!"

郑易想要解释,律师一把抓过他就往外推,推搡之时,忽听北野平静地说:

"我要翻供。"

…………

郑易坐到北野面前,少年却提出一个条件:"陈念对魏莱造成的伤口不深,魏莱是被赖青杀死的。陈念不能被定罪。"

郑易尚未开口,律师插嘴:"我明白什么意思了。你放心,假如警方要没事找事,我可以保证帮陈念打赢官司。"

郑易也迟疑,见北野还是不说话,他终于道:"下面这句话,以我的身份是不该说的。但——警方目前没有任何陈念伤害甚至杀害魏莱的证据,尤其物证。"

北野于是点了一下头。

他没杀魏莱。

他到后山的时候,魏莱已经死了。

检查她身上的伤,只有一处伤口,非常深,没有轻微的刺伤,也没有别的划伤,别的出血口。可陈念用刀伤了魏莱,所以很明显,陈念挣扎中的那一刀刺死了魏莱。

魏莱的上衣上还留着血色的手印,北野伸手比了一下大小,知道那是陈念的手。

郑易问他当时的心理状态,北野说,很冷静。有一瞬想报警,但很快否决。警察会调查,陈念为什么带刀,魏莱是否有即将要杀死陈念的主观迹象,很可能结果是没有。不论是魏莱对她的欺凌,还是她带刀去见魏莱,这两种审讯于她都会是巨大的灾难。

他迅速想到一个计划,伪装成雨衣人。他回家拿了抽屉里母亲留下的振动棒,套上安全套,制造魏莱被性侵的假象,赖青有很多件同款雨衣,刚好他借了一件还没还,他用魏莱的指甲抠了几道。

他把她运到很远的三水桥上游,埋进淤泥(如果万一被发现,他希望魏莱的尸体保存完整,让人看出凶手是男性);上衣必须带走,因为有手印。

他知道风雨会掩盖一路的摩托车辙,也知道没人会去那里,他的计划是不会有人发现尸体。

可魏莱的一只鞋掉进河里,而三水桥的垮塌将作业工人带到水下。

尸体被发现,他必须顶替成雨衣人了。他没有杀害魏莱的犯罪动机,而警察迟早会查出陈念。只有他是雨衣人,他才有杀害魏莱的动机,才能让陈念全身而退。

郑易问他什么时候发现赖子是雨衣人的。

北野说,他第二次犯案时。那女生没报案,后来北野把名字告诉警方以证明自己是雨衣人。

那次赖青作案,刀不小心伤到自己,不敢去医院,叫北野帮忙买纱布买药止血。北野骂过他,叫他别再乱搞,但他又犯了第三次,还找北野买药。

他对郑易说,他可以不杀赖青的。

但,他从陈念见到赖青时恐惧的本能反应里察觉到异样,他隐约怀疑,当晚猥亵陈念的路人里有赖青,但不确定。

此外,他担心赖青如果以后再犯案,真正雨衣人的身份暴露,他的计划就全失败了。

一天深夜,他去找赖青,只有他死,他才不会继续犯案;只有他不再继续犯案,北野替代的雨衣人才无法翻案。

然而,他下不去手。

赖青打游戏到半夜，正喝啤酒吃烧烤，看到好久不见的朋友，搂着他的肩膀叫"北哥"，拉他一起喝酒。赖子其实是三个里年龄最大的，但他没有亲人朋友，在福利院总被欺负，只有大康和北野。他有事总问北野，也不知什么时候反叫他哥了。

北野比他小，但总被叫作哥，竟习惯了对他的照顾。他下不去手。

内心挣扎很久，最终他杀不了他，他和赖子说，你跑路吧。

他告诉赖子，如果一直待在曦岛，雨衣人的事瞒不住。他让他离开，抛弃雨衣人身份，以后不要再犯案。犯案总有一天会被抓，这是冥冥之中的天意。即使哪天实在管不住要去招惹女人，别再穿雨衣。如果被抓，别供认在曦岛犯过雨衣案。

赖青听了他的话，同意了，当时就给大康打了个告别电话。

两人最后一次喝起了酒。

陈念还在家里，北野要回去了，走前忽然决定问他，陈念被欺那晚，他是否旁观，是否猥亵了她。

尚未开口，赖青搭上他的肩膀：我听你的。不过啊，我觉得我运气特好。做事总不留痕迹，也没被发现。

他语气炫耀：之前雨衣人是，后来杀人也是。

北野问：杀人？

是啊，魏莱啊。

赖青放下酒杯：魏莱脾气暴呀，做起来肯定有意思。她平时总欺负人，没脸报警的，不然传出去她没法在圈子里混。

当时，魏莱受了伤，胸上的口子流着血，她正准备打电话找人，赖青出现，堵住她的嘴，绑住她的手脚，强暴了她。

事后，赖青准备离开，魏莱嘴上的布条不知怎么松了，她咬下他的口罩，模糊不清地发誓说会阉了他。

赖青在短暂十秒的空白之后，将刀口插进陈念刺过的伤口上，狠狠往里一捅。

赖青拿着一根烧烤竹签，戳桌上的小缝隙，猛力一插，竹签刺穿桌缝。

北哥，你说奇不奇怪，我那刀刚好吻合那伤口。咱们一起买的刀真是幸运刀啊。不过，沾了血，我扔河里去了，你不怪我吧？——太幸运了。后来尸体还不见了，估计是以为自己杀人的那女孩的家人偷偷埋了。

北野已不知是什么心情。

原来不是陈念，是赖青。

赖青得意扬扬：假如找到我，我就推那女孩身上，说我只是强奸了涌着血快要死了的魏莱。那女孩是我的替罪羊，替得死死的。魏莱手脚上的瘀青，前一天晚上就有了。哈哈哈。

北野撑着因酒精而发沉的头，沉默很久后，问：前一天晚上，什么意思？

前一天晚上啊，魏莱跟那女孩说让她第二天去后山找她时，我听到了呀。

赖青醉得一塌糊涂，摇头晃脑地笑。

我路过巷子，运气好呀，一群女生拖着一个浑身赤裸的女孩，喊着贱卖啦贱卖啦。

有几个不好意思去，看几眼就走了；有几个和我一样，便宜不占白不占。我也录了视频，你要不要看？

赖子摸出手机，播放起来，传出少年狂妄无耻的笑声和咒骂。

——×，把她弄过来亲老子。

——又倒了，妈的扶都扶不稳。装死吗？

——这女的好像刚被那几个女的打晕了,没反应,跟死猪一样,败兴。

——啧啧,真滑。

后边这句是赖青的声音。

赖青听到,笑起来,回忆说她的身体多娇多嫩,光是摸几下亲几下就害得不经人事的他们一泻千里。

他轻佻地描述着女孩柔软的身体和肌肤,他不知道,那是北野多珍爱的宝贝。

他没注意到,北野的眼眶红了。

他也不知道,那晚回到家拿出手机第一次欣赏视频时,城市的另一端,北野抱着滑下摩托车的如死了一般的陈念,在暴风雨里号啕大哭。

或许因为酒精,北野起身时,瘦弱的身板有些摇晃。

赖青盯紧屏幕,声音激狂,就着视频喊:把她的嘴捏开。

他没注意到,北野弯腰从工具箱边拿起一把扳手,抬起头时,泪水流了一脸,转身就朝他脑袋砸了下去。

郑易听完,长久无言。

律师问:"之前为什么不说?为什么不说赖青是雨衣人和杀人犯?"

"没必要。"北野说,"警察不会相信我。"

如果赖青活着,告发赖青,他能陷害陈念,把陈念牵扯进无休无止的调查。那天,陈念主动带了刀,这点很难解释;魏莱彪悍的父母不会放过她,她那晚经受的事也将被更多人知晓。即使退一万步解释清楚了,她对魏莱造成的刀伤也得另行判处,北野不能忍受让陈念的记录里有哪怕一丝污点,所以他刚才才和郑易谈条件。

而实际情况是赖青死了,告发变成死无对证,谁会相信他说的话呢?谁都会认为他是为了减轻自己的处罚而把罪责推在死人身上。

他是完全符合雨衣人画像的少年,母亲是妓女,父亲是强奸犯,他就该是个罪犯。他的话没有可信度。

同一个伤口,先后两个人所刺,尸身开始腐败,谁会信?

不信他不要紧,不能让陈念冒险。

只为免她那万分之一可能的危险,他都死咬着不认,哪怕牺牲一生的自由。

归根结底,一个"信"字,一个"护"字。

郑易承认,自己是败给他了。

…………

律师终于松了口气,郑易却没法松懈,他还得绞尽脑汁去找更有利的证据。

而就在这时,手机再次响了,小姚声音很轻:"郑易。"

他不习惯:"怎么了?"

"鉴证科的实习生找到了双鞋,他们在鞋底的泥土里发现疑似血迹,已经带回去做DNA还有泥土成分对比了。队长说,重新搜查后山。"

郑易狠狠握拳,长出一口恶气。

"郑易。"

郑易等了一会儿,听她不说话,问:"怎么了?"

"没什么,觉得你名字好听。"

…………

## Chapter 15　消失的白裙

你有没有为一个人，拼了命地去努力过？

郑易站在艳阳下，想起北野说过的这句话。

街对面，学校里高一、高二的学生在上着课，校园安安静静的。

他看一眼手表，陈念应该快出来了。

电话又来了，小姚的声音传过来："郑易，我看到你帮北野写的报告了。"

他很努力地写了报告，说北野认罪态度很好，在帮助警方破获雨衣人一案上有关键协助和重大立功。

北野翻供后，交代了不在场证明，还有很多关于赖青的线索：他藏在大康家连大康都没注意的犯罪影碟，含有跟踪视频和不雅视频的多个手机。

北野藏的那把刀也找到了。警方之前问凶器时，北野说扔河里，是想试试，如果警方找到赖青的那把刀且能证明上边有魏莱的血迹，他或许还有翻供的可能。如今真找到了，但水里泡太久，只能勉强证明是O型血，魏莱正是O型。

郑易还通过赖青那天发过的一条短信查出他的手机在后山。另外，鉴证科还在后山搜到了树叶下带着模糊血指纹的烟头。

各种新证据和技术分析证明，杀死魏莱的人是赖青。而虽然尸体放久了，但经法医不懈努力，终于鉴定出，魏莱的性侵来自生前。

案子结了。这些天郑易很平静。

此刻，听着小姚说他有文采，郑易说："你打电话就为说这个？"

"不是。刚才训练了思维，和你分享一下，老杨这人脑洞挺大的。"

"嗯？"郑易看着对面空荡的校园，有班级在读英语，还没有陈念的影子。

"每次结案后，不是会玩无责任分析游戏吗？"

这个郑易知道，大家会在结案后闲聊，为训练发散思维而开无责任脑洞。

"老杨阴谋论说，有可能北野利用你把你骗了。"

"说出来交流交流。"

"你那晚对北野说完分析后，北野说，陈念没杀人。这或许是一句交易式心理暗示。他同意你说的每一句话，唯独这点不同意。这时，你因为其他部分受到认同，会倾向于相信他提出来的那个点是对的。他唤醒并误导你的直觉，用言语暗示让你往他想要的方向走。"

郑易接话："最后，我努力做到了，铺好了路让他翻供，翻的却是他一开始设计的假供？"

"对，老杨说，在魏莱和赖青的死上，他的话可以是真，却也可以是假。假设北野缜密高智到一定程度，魏莱和赖青全都死无对证，北野掌控大局，自导两把一样的刀和赖青沾了血的鞋还有各种证据。可能赖青强奸却没杀魏莱，他补了刀，或陈念过失致魏莱死了，赖青对濒死的人脱了裤子。"小姚说完，道，"老杨的脑洞是不是蛮大的？每次结案了玩无责任分析,都是他赢。"

"下次我也参与。"郑易说,心思却跟着眼睛锁在校园。

"好,不过老杨也说了,一个十七岁的孩子策划不出这种事,简直间谍。"

"嗯。"郑易微微眯眼,确定远处那个小点是不是陈念,"说起来,他是个出色的隐瞒高手,无论拿出哪一套方案都毫无漏洞,审问再怎么高强度,也压不垮,心理素质是真硬。"

"隐瞒高手?这话和老杨说的一模一样。不过他说的是陈念。"

"陈念?"

也是不可思议,她联考超常发挥,长期在年级二三十名徘徊的她,居然考了第一,成了市状元。

她冷静得让人胆寒。发生那么多事,欺辱、审讯、非议,一拨接一拨,她却像这些事不曾在她身上发生过。郑易不知她在北野面前是不是也像在他面前、在老师同学面前那么疏离冷淡。

应该不会。

"老杨怎么说?"

"老杨说,她是那类遇到天大的事都不露痕迹的人。要么她用最简单的方式,粗暴隔绝外界,只活在自己的世界里;要么,她内心极其复杂冷酷,强硬地设定程序,残酷命令自己像机器人一样正确执行,实现某个目标和信念。"

郑易听着这么冰冷的内容,心里有丝丝的疼。这个影子变大了,是陈念。

"老杨还说,这样的人,和北野一样,你会希望她是个好人。因为如果她长成坏人,我们很可能抓不到她。"

"他们会是好人。"郑易说。

他望见校园里渐渐走来的陈念,说:"小姚,我心里的'直觉'平静下去了,我相信北野,也相信陈念。"

挂了电话,他望着校门,望着陈念,心里忽然想,就是这个位置。

之前的每个中午和傍晚,那个少年站在这里守望时,是怎样的心情。

夏日的阳光炙烤大地,涤荡着发热的空气,像波光粼粼的湖。

郑易眯着眼,看见陈念的白裙子氤氲在蒸腾的热气里。她走下校门口的台阶,远远地看着他,并不走过来。

郑易过去,把手中的冰茶递给她。

杯壁上冒着大片冰凉的水珠,陈念接过,插了吸管喝起来。

阳光透过梧桐的枝丫,星子般从他们身上流淌而过。

郑易想起,在这条道路上,少年的北野从来没有和她并肩而行的机会。他永远守望她的背影。

郑易问:"填好了?"

"嗯。"

"哪里的学校?"

"北京。"

"挺好。"郑易说,"状元有很多奖学金吧?"

"嗯。"陈念说。

"什么学科,数学还是物理?"

"法律。"

郑易一愣,隔了好久,才缓缓点头,说:"好,法律好。"

陈念没搭话,郑易又问:"什么时候的火车?"

"下午六点。"

"这么早?"

"嗯。"

郑易默了默,说:"等你到那边了,我给你写信。"

陈念不言,郑易又说:"过会儿一起吃顿饭,再去法院。"

她做伪证的事,法官给了教育,但没下处罚。不过北野的庭审,她作为证人,需要出庭。到时她能见到北野,郑易以为她会开心点,但陈念摇一下头:"过会儿,我自己去法院。"

郑易不置可否,陈念问:"你怕我落跑吗?"

"不是。——你要走了,想请你吃顿饭。"

陈念默了片刻,说:"我有事。"过会儿会见到北野,她要准备一下。

"告别的话,吃饭就不必了,"她举一下手里的茶,"一杯茶就够了。"

郑易觉得心口又中一箭。

走了一半的路,他怕再没机会了,说:"判下来后,服刑一段时间了,可以去探视的。"

陈念没作声。

他又说:"你去那边了,安心读书。这边,我会时常去看他。"

过了很久,陈念说:"谢谢。"

"没事。"

"也谢谢你的坚持。如果不是你,他会担上不该属于他的罪名。你救了他,——也救了我。"

"……"

"郑警官,你是个好警察。"

郑易深深吸了一口气。

再无话了。

一段路走下来,明明有很多话想说,可一句也没说出口。

到了路口,陈念说:"我走了。"

郑易怅然,只能"嗯"一声,点点头;纸杯上的水珠凝成细流,滴落在花砖上,像滴在他心里。

她一如既往地安静苍白。

他想起那段送她的时光,有些心软,想伸手拍拍她的肩给她鼓励,但她轻轻别过身去。

他的手悬在半空中,苦涩极了。

要分别了,仍有一个疙瘩在,不问不行:"陈念,我听北野说,那天从后山回来后,你想自首的,但他拦住你了。"

"我没有想。"陈念说。

他意外。

陈念看他一眼,目光收回来:"郑警官,你是不是很好奇,我和北野是怎么交流的?"

郑易看着她。

陈念指了一下自己的眼睛,手指缓缓移下去,又点了一下自己的心口。

"郑警官,嘴巴上说的话,很多都不是真心的。你做警察,却不明白吗?"

郑易一愣。人是有潜意识的。说谎分两种,自知与不自知。

"他总是知道,我真正想说的是什么,想要的是什么。"陈念说,"我对他,也一样。"

郑易又惊又诧,用眼睛和心交流,所以不说话一个眼神就知道对方想什么,所以即使说了话也知道对方真实在想什么,甚至能看透对方暂时蒙在鼓里的潜意识。

"那……那晚我把你扯到隔壁审讯室时,他的眼睛里说了什么?"

陈念却不回答了,轻咬着吸管,漫不经心地看着前方。

她真的要走了。

郑易心里苦涩极了,嗓子差点哽咽:

"陈念。"

"嗯?"

"以后好好地过。"

"……哪种好好的?"

"生命只有一次。"

"是只有一次。"陈念说,"但过对了,一次就够。"

"如果,过错了呢?"郑易说。

"那也没办法。"陈念说。

郑易轻轻弯了弯唇角,并不知道为何。

笑是苦涩的,渐渐他收了,说:"对不起,陈念。"

女孩摇了摇头,说:"不是你一个人的事。"

郑易五味杂陈,心口那支箭拔了出来。解脱。

只是,他没有告诉她,罗婷等那晚走得早的孩子仍然没有受到严厉处罚,但对她们及其父母的教育和心理干预很成功,他们和他们的家庭变了,脱胎换骨,充满希望。

他目前还不能告诉她,他不知道现在的她能否接受,也不知四年后的法律学生能否接受。

对犯错的孩子选择宽容,这是社会的善意。可当孩子伤害了孩子,大人该怎么办?

那被伤害的孩子呢?为什么他们的苦痛最终只能成为别的孩子成长的踏脚石,成为他们浪子回头的标志?

陈念走了,郑易看着她的身影越来越小,卷入人群。

在审问完她和北野的那个晚上,在她浑身都是戾气的那个晚上,他送她回家时曾问她,故作无意提电影票是否想暗示李想,想利用他做不在场证明。

她回答说,是。

他又问带着刀去后山,是否因脑子里有想去杀魏莱的念头。

她回答说,是。

被欺辱后的第二天她能若无其事地出现在学校,只是为赴魏莱的约。

他问,你这些心思北野知道吗?

她答,他比你聪明多了。

那晚的她一身戾气,不像今天,又平平静静,遮掩一切。如曾好说的,她是一个很善于隐藏的人,隐藏秘密,隐藏情绪,隐藏得丝毫不漏到了冷酷的境地。

郑易清楚,那晚,她是故意那样坦白的。他知道,念头和行动有差距,有邪念不一定会实施犯罪。她原可以辩解,让他相信她依然善良,无论经历何种苦难也从不曾对魏莱有歹念。

但她偏不,她让他看到她的变化,安静地打他一耳光,给他胸口捅上一刀,然后让他目送她转身离开。

在初见她时,他就曾以警察的身份许诺,"有事就找我"。可结果她陷入了更深的劫难。

如果他没失掉她的信任,她在刺伤魏莱后会给他打电话,悲剧就可以避免。

但这个世上什么都有,就是没有如果。

好在他没放弃北野,他拼命努力着、坚守着,没再错下去。

他也只能这样安慰自己了。

太阳那么大,晒得人眼花。

郑易看着陈念小小的身躯被灰暗的钢筋水泥、车流和人群裹挟。

一瞬间,他似乎看到她身后另一个人,一个白衬衫的少年,永远追随着她。

他知道,她和他永远在一起。

而你呢,你有没有为一个人,拼了命地去努力过?

…………

有啊。

但好像,迟了。

郑易看着她的白裙子彻底消失,再也不见;他低下头,拿手遮住湿润的眼睛。

## Chapter 16　　北望今心，陈年不移

陈念回到家里，洗澡洗头发，换了身干净的裙子。她把《牛津英汉双解词典》找出来，翻动书页，风干的耳环花飘出来落在桌上。

薄薄的一层，淡粉色，透明的，上面有细细的纹路。

她拿出买来的木质书签，刷上一层极薄的糨糊，把两朵花轻轻贴上去，放进透明的书签袋里封存。

她返回学校，在精品店里买了最好的一款茶杯，去邮局寄给郑易。

她走到门房那里，上午十一点五十，下课铃响，高一、高二的学生拥出校园。

不过几天，她已从他们的生活中脱离。

她看一眼街道对面的位置，从台阶走下来，往家的方向，不徐不疾，是她平时的速度，走到院墙拐角的地方，习惯性地回头看一眼。

绿树繁花，身着校服的少年们欢声笑语，青春飞扬。

绿灯行，红灯停；她走过街道，走到杂草丛生的荒原，等了一会儿，继续走，走进空旷安静的厂区，走到那栋卷帘门的破房子前。

桑树茂盛，秋千悬在那里。

从此，干净的树荫只属于记忆。曾经多少日落月升，一棵树，一间屋，就是少年的家；而以后，或许各自天涯。

她不紧不慢上了楼梯，拿钥匙开卷帘门。她独自把门托上去，"唰啦"一声，灰尘弥漫，她扇了扇，又轻轻把门关上。

好多天不住人，屋子里潮湿的木头味更重了。但她很喜欢。

她在桌上趴了好一会儿，抚摸着他的吉他，想着被摔进审讯室时与他对视的那个眼神。

她拿出一把小刀，在他们对坐无数时光的课桌上缓慢而用力地刻下一行字：

"小北哥，等我长大了，回来保护你。"

她轻轻一吹，木屑飞扬。

她从窗子爬出去，绕着消防梯到楼顶，眺望城市和铁轨。

蓝天湛湛，她抱着自己坐在屋顶上吹风。

等钟声响起，火车轰隆而过，金色的烤面包香味飘浮而上。

她从楼顶下来，站在高高的院墙上，脚发颤，深吸一口气，跳了下去。

疼痛从脚底贯穿全身，直击头顶。

她晃几下站稳了，缓缓走去面包店，买了两个新烤的椰丝面包。

她独自坐在门口，慢慢吃完。

最后，她站在阳光下，仰头望着少年家的那扇窗子，望了很久。

最终，她垂着头，慢慢地走了，边走边举起手背，用力揉揉眼睛，但她没有哭。

并没有什么好哭的了。

…………

庭审上，郑易狠狠吃了一惊。

几小时不见,陈念剪了短发,齐耳朵根。

他几乎是立刻看向法庭另一端的北野,因被关押,他的头发被剪得很短。

然而,奇怪的是,自两人出现在同一空间,就没有目光交流,仿佛陌生人。

陈念坐在法庭中央接受提问。

"你们第一次见面是什么时候?"

巷子口,110,他们来不及看清对方的脸,就被人强迫吻在一起。那时,她厌恶,羞耻;那时,谁会知道他们的命运将牵绊一辈子。

谁又会知道,路见恶霸欺凌,她的不无视,她的不漠然,她的拿起手机拨打报警电话,会回报她一个愿意为她付出自由、付出生命的少年,回报她一生的爱慕和守护。

"在我回家的路上,我看见路前边有一群人……"

陈念轻声说着,语速异常缓慢,却也不磕巴了,仿佛每个字都深思熟虑,来自心底,她的声音出乎意料地温柔好听。

她在证明那天北野并没有要强暴她,他不是雨衣人;证明那天晚上,北野喝了酒。

这时,郑易发现她手腕缠绕的红绳不在了。倒是脖子上挂了条红绳,穿了一把钥匙,悬在心口的位置。

陈念今天特别漂亮,新剪的短发,用一个细细的浅绿色的发夹别在耳朵后边,露出白皙的耳朵和脸颊,像一弯白月。

月亮对着北野所在的地方。

上庭,她却穿着校服裙子,洁净美好,衣衫靠左胸的位置有个小口袋,安放两朵新摘的耳环花,紫红色的小喇叭,开得艳丽。

而她的耳朵上,本该有耳洞的位置画了两枚小花。

她……

她不像一个受害者或证人。她像一个来赴约的恋人。美好的面容,温柔的情话。

郑易再次意识到,他和她之间有一种外人永远无法参透的相处模式。

北野一直没有正眼看她,她也没有。

他们像两条平行线,各自悲欢,与尔无关。

北野的律师极力为其辩护,北野则平静镇定。

各类人物做证检举,犯罪事实既定,面对各项指控与证据链,少年北野淡淡点头,承认,一次次回答:"是。""是我。"

陈念退回座位上,目视前方,如同目视一片透明的沙漠。

最终,庭审顺利结束。

法官宣判:"全体起立!"

"唰唰"的声响。

北野站着,陈念站着,所有人都站着。

现场安静极了:"……冲动……喝酒……杀害赖青,证据确凿,供认不讳……认罪态度良好,主动供述……为警方破获雨衣人案提供线索,认错积极……未成年……

"判处有期徒刑七年。"

落锤。

散庭。

人声起,喧哗继。警察要把少年带走。

人影交错,陈念突然看向北野,北野也正在一刹那间看向陈念。

只有天知道,我有多爱你。

是啊,藏不住的;闭上嘴巴,眼睛也会说出来。

眼神碰撞的那一刻，胶住了，是告别，又不像告别。两个孩子，眼神死死纠缠，是牵手、拥抱甚至亲吻都不能企及的亲密；是近乎惨烈的坚持。

他们在混乱的人影里认定彼此，穿过朦胧的泪，那眼神如此依恋，如此悲痛，却又如此充满感激。

她握紧胸口的钥匙；他被警察拉着，缓缓后退，嘴唇轻轻嚅动，无声地说了一个字：念。

北望今心，陈年不移。

曾经，是谁在夏天的灿烂阳光下拿树枝写下一个名字，告知少年，今心；

曾经，是谁用目光引诱她念诵一个名字，用舌尖递去一颗酸甜的糖；

曾经，是谁拉着她在废厂区里飞驰，看魔法点燃万家灯火；

曾经，是谁在雨中沿着露天舞台的台阶奔跑，年轻的手在空中交握；

那么，又是谁从回忆中清醒，发现自己坐在一列缓慢行驶的火车车窗内；

又是谁在充斥着泡面味喧嚣声的车厢内，望着窗外走过无数次的荒野和大蛋黄，想着达尔文，想着生物题，想着小丑鱼、海葵和地衣；

想着，共生关系，指两种生物互利生活在一起，缺失彼此，生活会受到极大影响，甚至死亡。

六月，蓑草丛生，陈念望着火车窗外北野家的屋顶急速消失，两行泪如急雨下落。

那一天，

他们坐在高高的屋顶，她问：

——北野，你最想要的是什么？

——我喜欢一个人，我想给她一个好的结局。

仅此而已。


（全文完）

陈念欠小北一次

只有你赢了,
我才不算输。

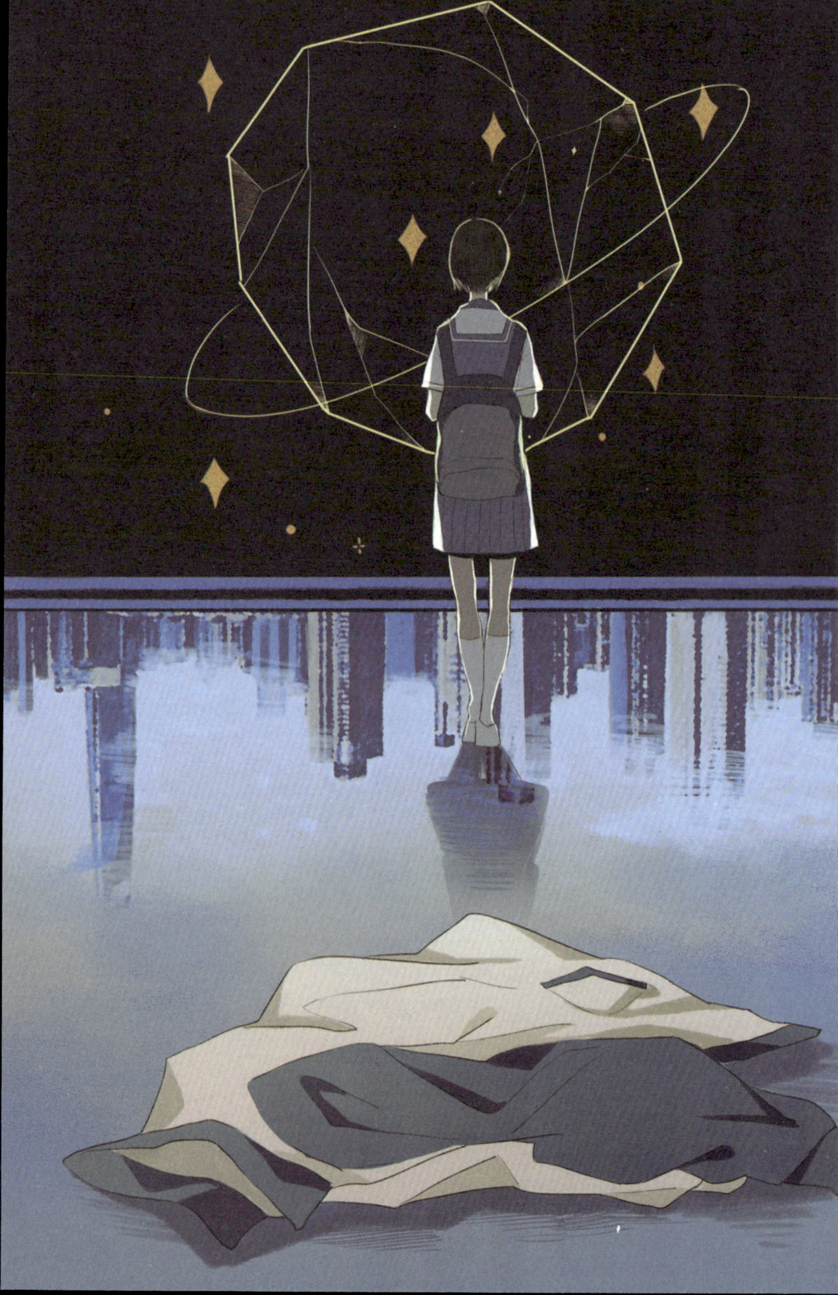

他们还是小小的少年啊，
会害怕惶恐，
但也会咬牙死撑，
像野地里无人照料的荒草，
拼了命去生长。

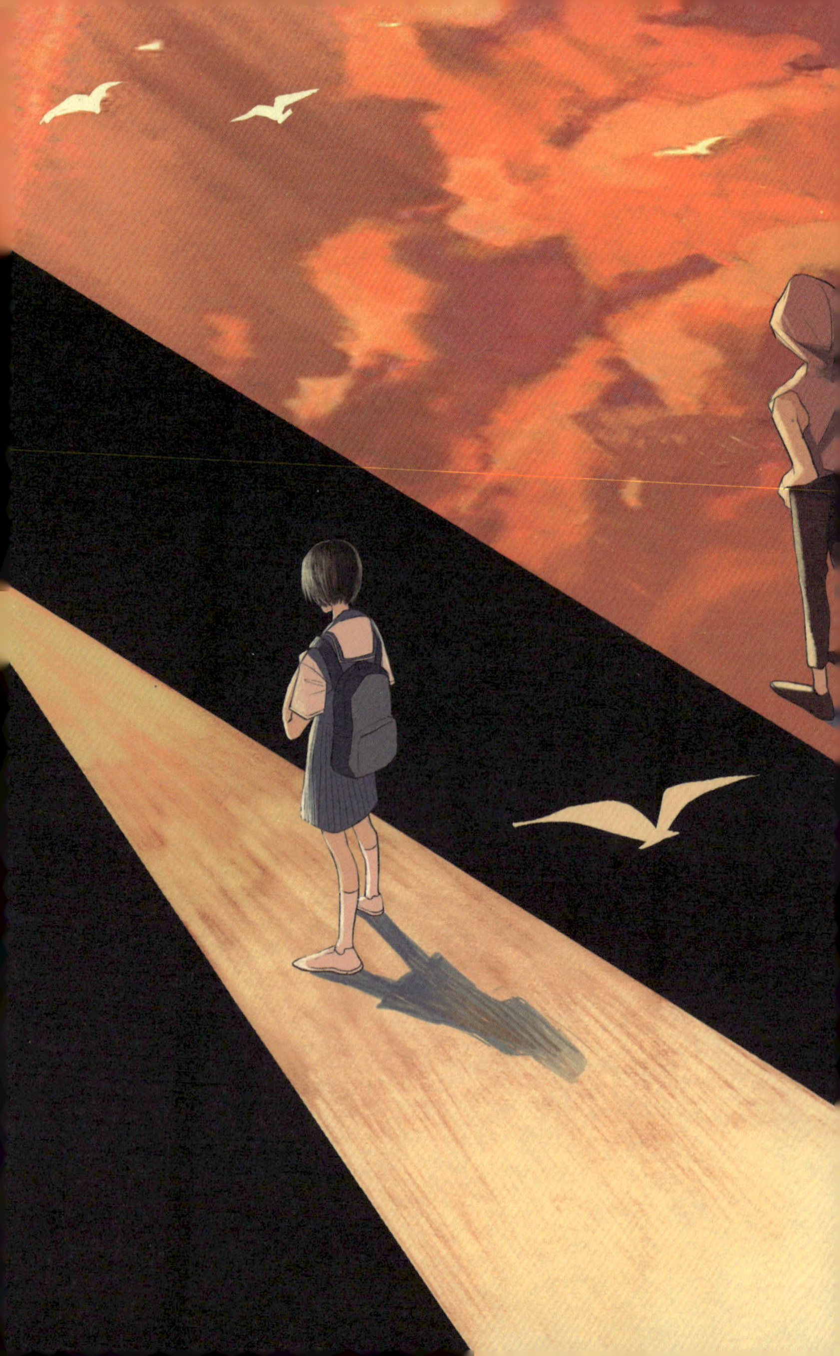

你有没有为一个人，
拼了命地去努力过？

总有一天,
我要和你光明正大地走到一起!

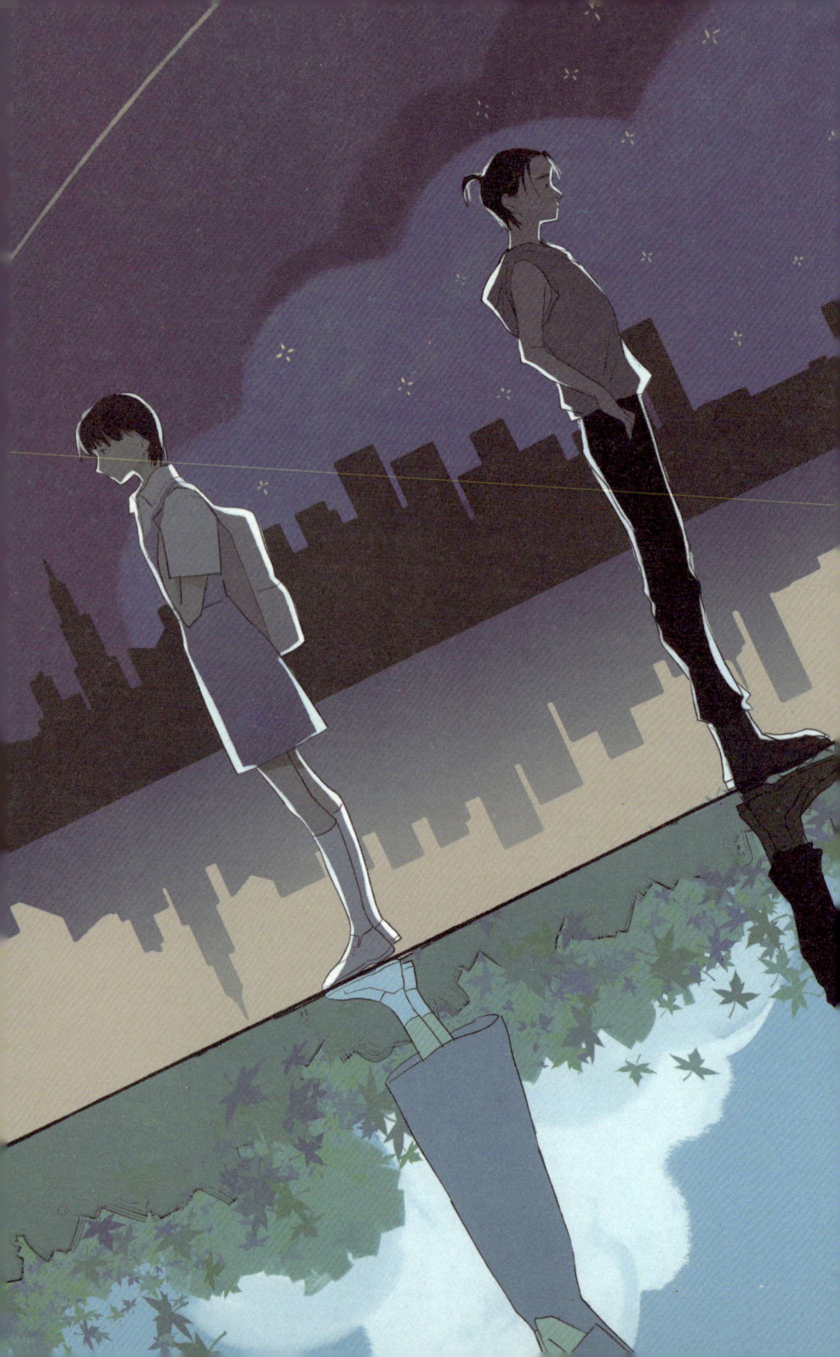

在这个世界上,
只要还有一个人懂你,
你就可以生存,不会灭亡。

总有一个人，
是少年的你。

这世上什么都有,
就是没有如果。

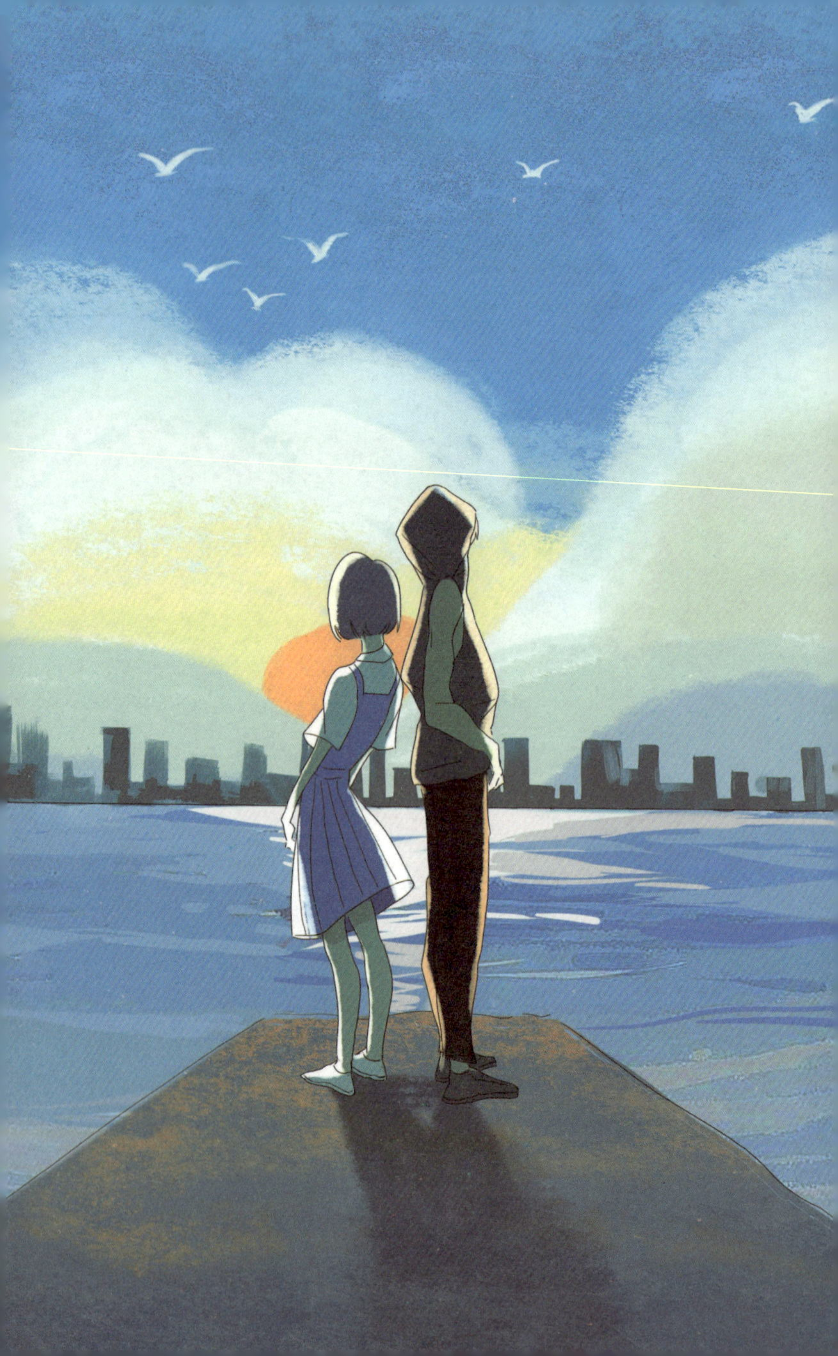

——北野,你最想要的是什么?
——我喜欢一个人,我想给她一个好的结局。
仅此而已。

你往前走,
我一定在你后面。

在这个世界上,
只要还有一个人懂你,
你就可以生存,
不会灭亡。

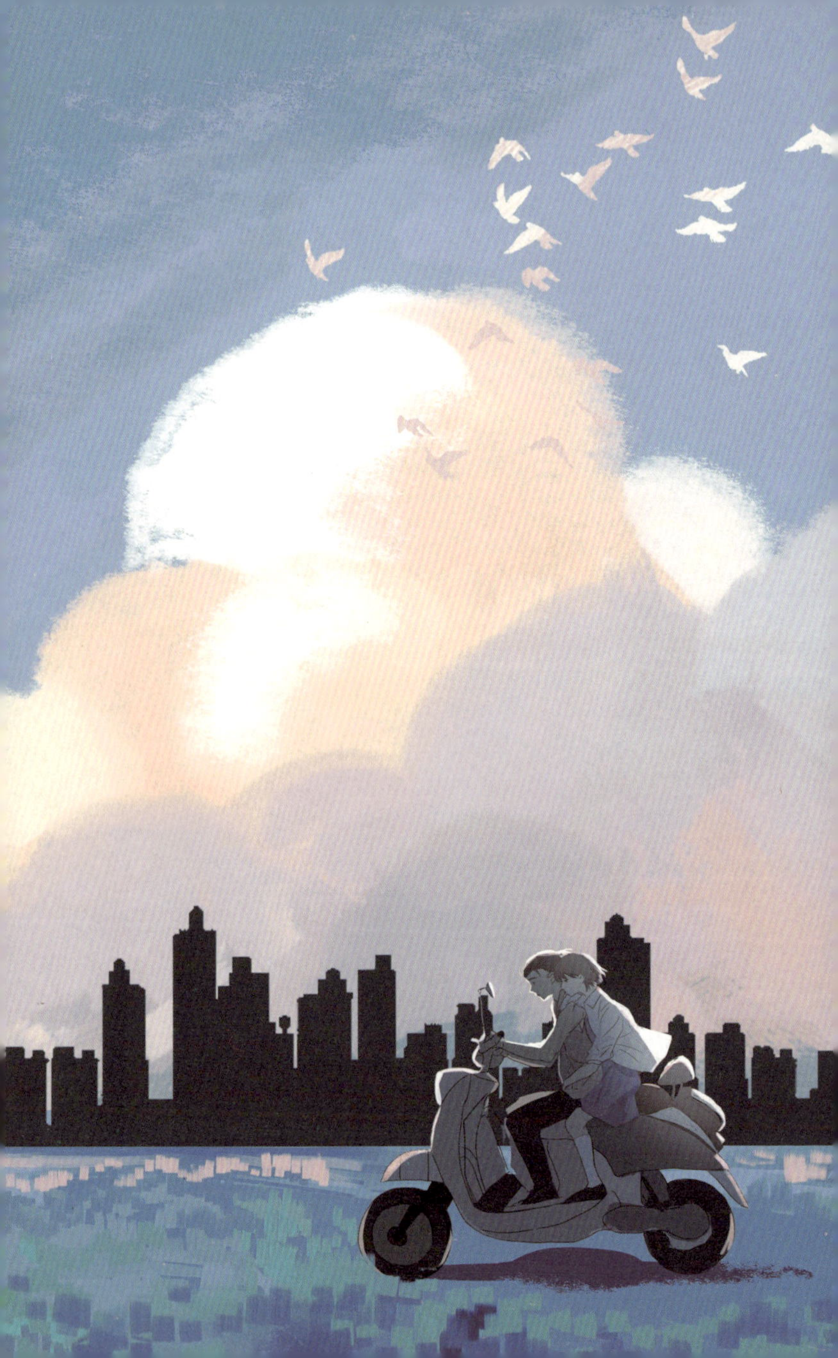

小结巴,等你长大了,不要忘了我。
小北哥,等我长大了,回来保护你。

不管这条路有多难，
我都愿意陪你耗。

生活,就像夏天的柑橘树,
　　　　　挂着青皮的果,
　　苦是一定的,甜也有。